穿越千年
赏好词

王子龙 著

河北出版传媒集团
河北教育出版社

图书在版编目（CIP）数据

穿越千年赏好词 / 王子龙著．－－ 石家庄：河北教育出版社，2022.11
ISBN 978-7-5545-7138-5

Ⅰ．①穿… Ⅱ．①王… Ⅲ．①词(文学)－作品集－中国 Ⅳ．①I222.8

中国版本图书馆CIP数据核字(2022)第095493号

穿越千年赏好词
CHUANYUE QIANNIAN SHANG HAOCI

王子龙　著

策　　划	董素山
责任编辑	郝建东　杨　乐
营销策划	符向阳　李　晨
装帧设计	傅森 BOOKs DESIGN
出版发行	河北出版传媒集团
	河北教育出版社
	网址:http://www.hbep.com
	地址:石家庄市联盟路705号,050061
印　　制	石家庄名伦印刷有限公司
版　　次	2022年11月第1版
印　　次	2022年11月第1次
开　　本	889毫米×1194毫米　1/32
字　　数	130千字
印　　张	7.125
书　　号	ISBN 978-7-5545-7138-5
定　　价	35.00元

版权所有　翻印必究

序 何妨吟啸且徐行

《穿越千年赏好词》终于与大家见面了,许多爱好诗词的朋友又可以看到一本专门讲述历代经典词和词背后历史文化的书了。平时在高校授课中,经常有爱好词这种体裁的同学提出希望,说让我写一本专门讲词的书。其实我也非常想把历代经典好词做一个梳理,用专著的形式为词这种中华诗词文化中的代表性体裁做一个推介,让词这种表现中华诗意的经典文体能常伴我们的生活,所以我用了苏轼《定风波·莫听穿林打叶声》中的一句词作为这本书的序言。

词和诗一样,都是悠久而灿烂的中华诗词文化的代表性体裁,二者系出同源但又各具特色,一般认为词源出于诗,最早是诗的一种变体,是诗在有了更多情感表达需要时,突破了原有字数和句式的限制所产生的。因为诗的句式比较固定,每句几个字也都是整齐的；但词在句式上则长短相间、错落有致，更能丰富地表达复杂的情感。所以词又被称为长短句。南宋辛弃疾的词集就叫《稼轩长短句》。但在词的初创年代，词的独立性很弱，是附属于诗的，所以词自隋唐产生以来，多在民间以曲子词的形式在宴席间演唱流传，这时候的词还是作为诗的一种变形而存在的，词的地位和大家对词的认可度也都比诗差得多。

真正让词这种文体有了全新变化和不亚于诗的地位的事件，是中唐以后，白居易、张志和、温庭筠、韦庄这些具有深厚学养的大诗人也亲自参与了创作小词。特别是温庭筠和韦庄专门创作了一大批风格相近、词风婉转、意象绮丽又适合演唱的曲词，后来结集为《花间集》，成为词史上一个标志性事件。到了唐之后的五代，词这种文体取得了更大发展，特别是南唐国两代帝王李璟和李煜都是词作大家，所以词这种文体借由帝王的推广而进一步登上了大雅之堂。到了宋代，两宋的文人士大夫彻底把词独立成了和诗并立的文学体裁，形成了许多词论来证明词与诗的不同。至宋代，词不再是诗的变形，词成了和诗同样经典的文体，所以我们常说唐诗宋词，不是说唐朝只写诗，宋朝只作词，而是说诗和词分别是唐宋两个朝代的代表。宋代的柳永、苏轼等不断开拓着词的体裁和内容，周邦彦、姜夔等不断开创着词的声律，李清照不断总结着词的文学理论和特性，词这种文体，最终在两宋得到了空前发展和繁盛。

宋之后的元明清三朝，词继续发展，但有了新的特色。元明时代，词受新崛起的市民文学形式"曲"的影响较大，元明时代的散曲小令，杂剧的曲词，都影响着词在元明的发展，词和曲有了进一步的交融。到了清代，词作经由清初文人的集体努力，又有了向词作传统回归的趋势。清初的李雯和康熙时的顾贞观、纳兰性德的词作都体现着不同于通俗小曲的传统深婉词性的回归。在中华优秀传统文化的传承发展中，词经过从唐朝开始的千年演绎，到如今依然焕发着容光和魅力。当代的叶嘉莹先生以近百岁高龄依然在推广着诗词文化，令人感佩。写书是为了让读者看懂，收获阅读的乐趣和营养，诗词文化的学术价值也在于普及。本书的行文延续了《穿越千年赏好诗》文史一炉、风趣幽默、深入浅出的风格，继续把诗词和诗词背后的历史文化熔铸一炉奉献给读者。

本书选取了从唐代到近现代的八十余位词人的近二百首经典词作进行讲述，围绕词作本身进行鉴赏，兼顾叙述词作相关的历史脉络和文学常识，着重叙述词作者个人经历和历史朝代背景对词作所表达感情的互动，这是我在著述和讲课中经常提到的诗词和历史文化的互动表达。我们在读词时，应该通过词来走进它背后的历史文化，再通过把握历史文化来更好地赏读词。

本书是奉献给大家的一部可以作为学生学习的参考书，

教师备课的资料书，广大诗词爱好者走进词的桥梁书，广大读者增加诗词兴趣、走进诗词文化的引路书。莫听穿林打叶声，何妨吟啸且徐行。希望大家都能从苏轼这首词中，汲取文化自信，为我们诗意前行找到强大的诗词力量。

　　这本书献给爱诗词文化的你，感谢您的阅读。

王子龙

于古中山国故地河北石家庄

2022 年 10 月

目录

1 /李白：秋风清，秋月明
6 /李白：美人如花隔云端
10 /白居易：去似朝云无觅处
14 /温庭筠：不道离情正苦
18 /韦庄：人人尽说江南好
23 /冯延巳：独立小桥风满袖
28 /李煜：多少恨，昨夜梦魂中
32 /林逋：暗香浮动月黄昏
37 /柳永：衣带渐宽终不悔
41 /范仲淹：长烟落日孤城闭
46 /张先：云破月来花弄影
50 /宋祁：红杏枝头春意闹
54 /欧阳修：此恨不关风与月
59 /晏殊：小园香径独徘徊
63 /晏几道：当时明月在
67 /王安石：归帆去棹残阳里
71 /苏轼：十年生死两茫茫
75 /苏轼：但愿人长久

目录

80 / 黄庭坚：此心吾与白鸥盟

86 / 秦观：自在飞花轻似梦

90 / 晁补之 张耒：别离滋味浓于酒

94 / 贺铸：彩笔新题断肠句

98 / 周邦彦：梦入芙蓉浦

102 / 周邦彦：城上已三更

106 / 朱敦儒：我是清都山水郎

110 / 赵佶：忍听羌笛，吹彻梅花

114 / 李清照：红藕香残玉簟秋

117 / 李清照：梧桐更兼细雨

121 / 吴激：残月照吟鞭

125 / 蔡松年：曲终新恨到眉尖

130 / 岳飞：笑谈渴饮匈奴血

135 / 陆游：曾是惊鸿照影来

139 / 陆游：当年万里觅封侯

143 / 严蕊：莫问奴归处

148 / 张孝祥：肝胆皆冰雪

153 / 朱淑真：剔尽寒灯梦不成

目录

157/姜夔：春风十里，荠麦青青

162/辛弃疾：众里寻他千百度

166/辛弃疾：脉脉此情谁诉

170/元好问：欢乐趣，离别苦

175/吴文英：离人心上秋

179/蒋捷：流光容易把人抛

183/唐寅：赏心乐事共谁论

187/杨慎：浪花淘尽英雄

191/柳如是：伤心事，君知否？

197/李雯：人间恨、何处问斜阳

201/纳兰性德：当时只道是寻常

206/顾贞观：季子平安否

211/顾随：万朵红莲未是娇

216/毛泽东：恰同学少年

李白：秋风清，秋月明

秋风清，秋月明，落叶聚还散，寒鸦栖复惊。相思相见知何日？此时此夜难为情！

入我相思门，知我相思苦。长相思兮长相忆，短相思兮无穷极。早知如此绊人心，何如当初莫相识。

（唐·李白·秋风词）

这首《秋风词》也叫《三五七言》，因为整首词都是以三言、五言和七言的句子构成。写这首词的正是我们最熟悉的大诗人李白。关于李白的字、号、别称等这些基本常识，在这里我就不多说了，因为李白实在太有名了，我想就是小学生提到李白也能给大家介绍几句。李白所处的时代，诗的格律正在定型，绝句、律诗、如何平仄，都有了规律。但词还是诗的附属，属于诗人兴之所至随便来几首，处于

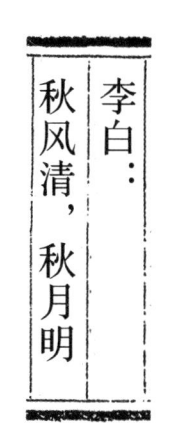

萌芽时期，所以词牌还没有固定。尤其像李白这种大诗人，写诗作词往往又愿意突破格律限制，所以李白的诗篇和词作非常个性化，写起来汪洋恣肆，有时候界限也很模糊，所以不能以局限的眼光来看李白。

　　李白为我们留下了如此多精美绝伦、潇洒俊逸的诗作，想必大家都能背上来几首，如果要是问大家李白写过哪些词，大家能想起来哪几首呢？一直以来，李白都是以唐朝最著名的浪漫主义诗人的形象出现在我们面前的，我相信很多孩子学的第一首古诗就是李白的《静夜思》，从小学到中学语文课本中选录的李白的作品也都是他的诗，也难怪大家会对李白写过的词不熟悉。其实李白不光写诗，也作词，所以说不要单纯地认为李白只会写诗。大家一定要有这种概念，词这种文学创作体裁不是兴起于宋朝，而是在宋朝发展到最成熟、最顶峰的状态。李白的诗我们这里就不过多介绍了，现在主要来赏析一下李白的词。开篇的这首《秋风词》就是李白在秋夜兴起的相思感悟：秋风是清爽的，秋月是明朗的，落叶在风中时聚时散，寒鸦本已栖息，现又被惊醒。盼着相见却不知何时能够相见，这样的时节、这样的夜晚让相思之情更加浓郁。只有入了相思之门，才会体会到相思的痛苦。长长的相思伴随着长长的怀念，短暂的相思也是没有穷尽的。早知道相思如此牵绊人心，还不如当初不相识。一般说到"相思"，大多指男女之间的相思，但是李白这首词也没有很明显的指向性，有人认为李白这里的相思是说他对朋友的思念。我们今天也不能亲自去问问李白，他的相思究竟是对谁说的，但不管是说男女爱情还是朋友间的友情，毋庸置疑的是李白在词中流露的情感是真挚的，我们可以学习他这种通过文字来表情达意的方式。

箫声咽，秦娥梦断秦楼月。秦楼月，年年柳色，灞陵伤别。
乐游原上清秋节，咸阳古道音尘绝。音尘绝，西风残照，汉家陵阙。

这是李白所作的《忆秦娥·箫声咽》。以"忆秦娥"为词牌名的词中，比较熟悉的还有毛泽东的《忆秦娥·娄山关》，我们可以将这两首词放在一起比较阅读：

西风烈，长空雁叫霜晨月。霜晨月，马蹄声碎，喇叭声咽。
雄关漫道真如铁，而今迈步从头越。从头越，苍山如海，残阳如血。

秦娥是秦穆王的女儿弄玉，喜爱吹箫，传说她吹箫时能够将凤凰招来。后来弄玉嫁给了同样精通吹箫的萧史，萧史建了一座凤台，夫妇二人就常年在凤台上吹箫，最后二人随着被箫声吸引来的凤凰一起乘风而去,化作神仙。先来看李白的《忆秦娥·箫声咽》:箫声悲壮,好像人在呜咽,秦娥从梦中醒来,只见秦家的小楼上正挂着一弯月亮。秦楼边的月亮年年照着青青的柳色,这柳色中都印着当年灞陵留别的凄然与伤感。灞陵是汉文帝的墓,在灞陵附近有灞桥,是唐人折柳送别的地方,所以在诗词中提到灞陵、灞桥就是分别、送客这一类意思。乐游原上的秋景清冷凄凉,咸阳古道上朋友的音信早已断绝。音信断绝,西风拂着残阳,依旧照着汉家的陵阙。李词是以女子的口吻写对离人的思念之情,如果说上片对思妇的描写尚且比较温婉,与李白个人风格差异较大的话,那么下片则是李白阔大雄浑创作风格的回归,在个人情感的忧郁表达中将历史的厚重感巧妙融合,使得这首词的境界一下子上了一个高度,这就是李白带给我们的惊艳。

再来看毛泽东的这首《忆秦娥·娄山关》:西风正肆虐呼啸,开阔的长空中传来雁鸣声,伴随雁鸣的是冰凉的霜和清冷的月。在冰凉的霜与清冷的月中,马蹄声让人心碎,喇叭声也像人的呜咽。不要说绵延的群山如铁一般难以逾越,现在我们重整旗鼓大步朝前。重整旗鼓大步朝前,我们看到苍山茫茫犹如大海,残阳凝晖好似鲜血。这首词写的是红军长征过程中征战娄山关的战争场面。在战火纷飞的年代,尚且能用诗词来表达自己的所见所思所感实属不易,除了这首《忆秦娥·娄山关》,毛泽东写过很多诗词,每一首诗词中都饱含着坚强不屈的革命斗志和豁达乐观的革命情怀。从面对生活的态度这方面来说，我认为李白和毛主席是类似的，他们对于人生是充满自信的。李白对自己的妻子说"归时倘佩黄金印，莫见苏秦不下机"，毛泽东对父亲说"孩儿立志出乡关，学不成名誓不还"；李白"天子呼来不上船，自称臣是酒中仙"，毛泽东说"俱往矣，数风流人物，还看今朝"，他们有着一样的豪迈气概。

李白：美人如花隔云端

其一

长相思，在长安。络纬秋啼金井阑，微霜凄凄簟色寒。孤灯不明思欲绝，卷帷望月空长叹。美人如花隔云端。上有青冥之长天，下有渌水之波澜。天长路远魂飞苦，梦魂不到关山难。长相思，摧心肝。

其二

日色欲尽花含烟，月明欲素愁不眠。赵瑟初停凤凰柱，蜀琴欲奏鸳鸯弦。此曲有意无人传，愿随春风寄燕然。忆君迢迢隔青天，昔日横波目，今作流泪泉。不信妾断肠，归来看取明镜前。

其三

美人在时花满堂，美人去后花馀床。床中绣被卷不寝，至今三载闻余香。香亦竟不灭，人亦竟不来。相思黄叶落，白露湿青苔。

（唐·李白·长相思）

这三首《长相思》都是李白的作品。李白处在盛唐，正是唐诗鼎盛的时期，但词这种适合演唱需要配乐的"另类"文体，也正是在这个时代随着诗的鼎盛而产生了萌芽。特别是李白这样的一流大诗人，在写诗的同时，也创作了许多词作。尽管还不像定型后的宋词一样格律严整，但李白的词作有着兼具诗和词共性的美感，李白的这些词作，处在词这种文体的萌芽时期，明显是由诗脱胎演化而来，有着既像诗又像词的诗词混合特色。前一节中也给大家介绍了李白的词，我们会发现其实李白写过的词也不少，绝对不是三三两两的偶然而作，而是他的有意为之，足以说明词这种文学体裁从开始就具备了一定的发展基础，只不过还没有完全发展成熟。

这三首《长相思》都是写对美人的思念，其中第一首的熟知度应该是比较高的，词中写到我所思念的人在长安，我对她思念到何种地步呢？"孤灯不明思欲绝，卷帷望月空长叹"，彻夜守着孤灯对她的思念都不会断绝，卷起窗帘对着月亮忧愁叹息，而美人却如在云端的花朵一样，美艳动人却触碰不到。"天长路远魂飞苦，梦魂不到关山难"，不管多么天长地远，我都想飞跃关山去到美人身边，这二句表现了作者想要见到美人的决心。词的最后二句作者发出了诚挚的感叹"长相思，摧心肝"，有情人的相思之苦足以让人肝肠寸断。第一首词写"我"对美人的思念，紧接着第二首词抒情主人公又变成了美人，写美人对"我"的思念：日色将尽，花朵上都笼罩着朦胧的烟，月光皎洁，我却没有丝毫睡意，刚刚弹完雕着凤凰的瑟，想去再调蜀琴，又怕触动了鸳鸯弦。弹奏的曲子中饱含着深情，只可惜这深情没有办法传送到你的耳边，希望它能随着春风一起寄给远方的你。君在千里之外，我昔日犹如横波水的眼睛，今日已经成了流泪的泉。若是不相信妾因思念肝肠寸断，那就请君归来时来镜前看看我的容颜。第三首又换成男子视角：美人在时，鲜花满堂；美人不在，只剩下寂寞的空床。床上的被子还留有美人的香气，三年过去了，这种香气还能时常闻到。香气不散，美人也没有归来。在久久的相思中，黄叶又一次飘落，白露再一次打湿青苔。花与床本是客观存在的事物，但是这些东西一旦跟自己心中的美人联系起来，无情之物也变得有情，勾起了诗人的种种情愫。

　　中央电视台有一档文艺节目叫《经典咏流传》，这个节目就是将古代的诗词谱上新曲，用现代人喜闻乐见的方式唱出来。随着我们国家对传统文化的重视，古典诗词在今天也变得富有生机。《经典咏流传》这个节目的创意就很好，尽管我们大家都知道古诗词很重要，需要我们常读常背，但毕竟传统的读背方式很单调，大家的学习质量也不能完全保证，甚至还有一些学生已经不喜欢古诗词了，觉得古诗词太过古老，对他们来说没有任何新鲜感和吸引力。古典诗词不应该是冰冷、脆弱的古董，被我们束之高阁，古典诗词应该是埋藏多年的美酒，我们每个人都应该亲自去品尝一下它的醇美。《经典咏流传》能够给古诗词谱上新曲，这就是在焕发古典诗词的生命力，节目组邀请来的嘉宾也是各年龄段的当红明星，有很广泛的群众基础，这样的节目受众广，再加上能普及传统文化，当然会受到追捧。节目中有嘉宾唱李白的这首《长相思》，其实词本来就是要唱出来的，唱出来的《长相思》，比单纯地读更有韵味。

白居易：去似朝云无觅处

江南好，风景旧曾谙。日出江花红胜火，春来江水绿如蓝。能不忆江南？

江南忆，最忆是杭州。山寺月中寻桂子，郡亭枕上看潮头。何日更重游？

江南忆，其次忆吴宫。吴酒一杯春竹叶，吴娃双舞醉芙蓉。早晚复相逢。

（唐·白居易·忆江南）

白居易，我们大家都不陌生，大家对于他的熟悉源于"小娃撑小艇，偷采白莲回""离离原上草，一岁一枯荣"这些脍炙人口的诗句。上学后老师告诉我们，白居易字乐天，号香山居士，又号醉吟先生，是中唐大诗人。但是我们要知道，白居易是诗人，但也能写词，词不是宋朝特有的文学产物，它源远流长，只是在宋朝发展到了顶峰。

白居易的这三首《忆江南》，赞颂的

是江南的美景，其中第一首大家应该更为熟悉。"江南好，风景旧曾谙"，这里的"谙"是熟悉的意思，这句话的意思是：江南的风景多么美好，那里的风景是我早已熟悉的。那究竟江南的风景有多美？白居易接下来解释道：江边的花朵在日出时可以被照耀得像火一样红，春天的江水绿得像蓝草一样。如此美妙的风景，怎能让人不怀念江南呢？第一首《忆江南》是作者从整体上告诉我们江南好，第二首和第三首分别就具体的地点来说江南令人怀念。江南最值得怀念的地方就是杭州：秋天可以在山中的寺庙里看桂花飘落。柳永在他的《望海潮》中也写过"有三秋桂子，大潮十里荷花"，可见杭州的桂花是多么美丽。也可以登上郡亭，枕卧其间，看钱塘江大潮入海。钱塘江大潮是非常壮观的，现在还有很多人在钱塘江大潮入海时前去参观，古人在一千年前就能目睹这一壮丽的景象。如果说看桂花开落是柔静的美，那大潮入海则是壮观的美，杭州这么一个地方就能让人同时欣赏到两种不同风格的美，难怪作者会生发出"何日更重游"的感慨。除了杭州，最让人怀念的便是苏州的吴宫了，吴宫就是当年吴王夫差为西施建造的馆娃宫。喝一喝吴宫的美酒，看一看吴宫的歌女翩翩起舞，像醉人的芙蓉，不知何时才能与她们再次相逢。我们常说"上有天堂，下有苏杭"，白居易的《忆江南》偏偏是把苏杭两地的风景拿出来单独写成一首词，可见苏杭的美景名不虚传。

词牌名"忆江南"又名"望江南"，温庭筠写过一首《望江南》：

梳洗罢，独倚望江楼。过尽千帆皆不是，斜晖脉脉水悠悠。肠断白蘋洲。

格式和结构与忆江南是完全一样的。有很多词牌名都有两个名字，比如"相见欢"又名"乌夜啼"，可能不同版本的书会选用不同的词牌名，如果大家见了《相见欢·无言独上西楼》和《乌夜啼·无言独上西楼》，不用怀疑是书上印错了，而是这个词牌名本身就有两个名字。其实白居易写过的词还有很多，我们来看这首《长相思》：

汴水流，泗水流。流到瓜洲古渡头，吴山点点愁。
思悠悠，恨悠悠。恨到归时方始休，月明人倚楼。
深画眉，浅画眉。蝉鬓鬅鬙云满衣，阳台行雨回。
巫山高，巫山低。暮雨潇潇郎不归，空房独守时。

词牌"长相思"，光从这个词牌名来看，写的肯定是妻子对于丈夫的思念。汴水和泗水分别是河南和山东的河流，这两条河流在江苏瓜洲一带汇合，最终流入淮海。瓜洲这个地名大家应该有印象，王安石有一首诗就叫《泊船瓜洲》。前四句的意思是说思妇对于丈夫的思念就好像汴水和泗水一样绵延不断，像远处的群山绵延起伏。"思悠悠，恨悠悠"这两句中运用了叠词，这里的叠词用得很形象，把愁思的绵长感很生动地表现了出来。那这种愁思到何时才能停止呢？当然是要到丈夫归来时才能休止。皓月当空，独自一人在倚楼哀伤。我们常说"女为悦己者容"，女子梳妆打扮是为了给欣赏自己的人看的，倘若这个悦己者没在身边，那画眉的深浅也就无人欣赏了。只能梦中欢会，鬓发散乱云满衣，仿佛阳台行雨又一回。巫山高低错落，奈何暮雨潇潇，你还没有归还，我也只能寂寞地独守空房了。全词都以女子的口吻来写，这样使得情感的表达更为自然和贴切。再来看一首白居易的《花非花》：

花非花，雾非雾。夜半来，天明去。来如春梦几多时？去似朝云无觅处。

白居易是现实主义诗人，他主张"文章合为时而著，歌诗合为事而作"，也就是说诗歌要反映现实生活，而这首《花非花》给人的感觉却是朦胧的，这个花非花、雾非雾的东西到底是什么？诗人在最后也没有给我们交代清楚，这样反而引起了我们的无限遐想。

温庭筠：不道离情正苦

小山重叠金明灭，鬓云欲度香腮雪。懒起画蛾眉，弄妆梳洗迟。

照花前后镜，花面交相映。新帖绣罗襦，双双金鹧鸪。

（唐·温庭筠·菩萨蛮）

前些年，郑晓龙导演的古装剧《甄嬛传》大火，剧中环环相扣、引人入胜的情节以及各位小主的盛世美颜给大家留下了深刻的印象，随着《甄嬛传》的大火，随之而来的是关于《甄嬛传》的一系列讨论，有人研究"甄嬛体"，有人研究清宫戏中的服饰，有人研究剧中各位小主引用过的古诗词，确实，《甄嬛传》中涉及了一些经典的古诗词，比如"逆风如解意，容易莫摧残""宁可枝头抱香死，何曾吹落北风中""掌上珊瑚怜不得，却教移作向阳花"等，除了人物台词以外，剧中的插曲也是相当考究的，比如那首《菩萨蛮·小山重叠金明灭》。这首词若是单单以文字的形式去赏析，确实比较单调，给它谱上曲子，以视听结合的方式去欣赏，效果比单纯的读背要好。

《菩萨蛮·小山重叠金明灭》是唐朝词人温庭筠的作品。温庭筠，字飞卿，在诗歌创作上，他与李商隐并称"温李"；在写词方面，他的词多以描写闺怨柔情为主要内容，词风香软绮丽，与他词风相近的还有我们比较熟悉的韦庄、张泌、欧阳炯等人，后蜀的赵崇祚最早将这一风格的词作收集起来，组成了《花间集》，后又将擅长写这一风格的词人称为花间派，温庭筠则被称为花间派的鼻祖。我们来赏析一下他的这首词：这首词描写的是一位刚睡醒的美人起床后梳妆打扮的场景。古人在化妆时有许多听起来很诗意的专业术语，比如说画眉毛，给不同的眉形起了不同的名字，比如远山黛、柳叶眉等，所以这里的小山重叠并不是指交错的山峰，而是指美人脸上弯弯的小山眉；金明灭说的是美人所佩戴的饰品若隐若现。像云朵一样的鬓发想要遮盖住如雪一样洁白的香腮。因为起得晚了，这位美人懒懒的不愿去画眉，迟了好久才去梳洗打扮。"照花前后镜"既可以指美人往头上戴了一朵花，用前边和后边的镜子一起照看有没有戴好，也可以理解成美人的容颜如花朵般娇俏，美人用前后两个镜子照自己。最后美人穿上了贴着金鹧鸪的新做的衣服。温庭筠的观察是很细腻的，他把这位美人起床后的动作、心态都很细腻地描写了出来，让人感觉很有生活气息。再来看一首他的《更漏子·玉炉香》：

玉炉香，红蜡泪，偏照画堂秋思。眉翠薄，鬓云残，夜长衾枕寒。

梧桐树，三更雨，不道离情正苦。一叶叶，一声声，空阶滴到明。

所谓"更漏子"，可以理解成计时器，也是比较常见的词牌名。玉制的香炉中焚着香，红蜡滴着烛泪，摇曳的烛光照着华丽的内室更觉得凄清。眉毛的颜色淡了，云鬓也乱了，独自一人的夜晚太漫长，盖着被子依然觉得寒凉。三更时分下起了雨，点点滴滴打在窗外的梧桐树上，好像在诉说离别的苦。一片片叶子，一声声雨滴的声音，都打在石阶上，一直到天明。梧桐、夜雨使得饱受相思之苦的女主人公内心倍感煎熬与惆怅。我们不得不说，温庭筠作为一个男子，能将女子的心理、情感刻画得如此细腻和贴切，与他在日常生活中留心对不同女性的观察是分不开的。

在这里要和大家说一说温庭筠和他的女学生——著名才女鱼玄机的故事。

温庭筠刚刚认识鱼玄机时，鱼玄机才十三岁，而那时的温庭筠已经四十多岁了。温庭筠欣赏鱼玄机的才气，将她收为自己的弟子，二人亦师亦友，结下了深厚的友谊。温庭筠是一个大才子，年少的鱼玄机对自己的这位老师非常敬重。后来温庭筠要去襄阳做官，鱼玄机在写给温庭筠的书信中频频表达自己的爱意，面对如此有才情的鱼玄机，温庭筠不知为何没有接受她的爱意，反而是在温庭筠的撮合下，鱼玄机最终嫁给了当年的新科状元李忆。也许温庭筠是想为鱼玄机安排最好的归宿，新科状元远比他有发展前途，可温庭筠想错了，李忆对鱼玄机并没有那么好，相反还因为惧怕自己的原配夫人最终休了鱼玄机。可以说嫁给李忆是鱼玄机悲剧命运的开始，被李忆抛弃的鱼玄机自己一人住在道观中，而后她又将自己的一片真情付与了乐师陈韪。但好景不长，在发现陈韪与自己的侍女有私情后，鱼玄机竟然失手打死了自己的侍女。因为这件事情，鱼玄机被处死，一代才女就这样香消玉殒，实在是可惜可悲。假若，当年的温庭筠接受了鱼玄机的爱意，将她留在自己身边，我想鱼玄机的人生定会不同。只可惜历史从来不容后人假设，正因为它让后人感慨唏嘘，也愈加使后人明白要以史为鉴。

韦庄：人人尽说江南好

人人尽说江南好,游人只合江南老。春水碧于天,画船听雨眠。

垆边人似月,皓腕凝霜雪。未老莫还乡,还乡须断肠。

（唐·韦庄·菩萨蛮）

韦庄,字端己,他是大诗人韦应物的后人,花间派的代表人物之一,与花间派鼻祖温庭筠并称为"温韦"。韦庄的词作风格典雅绮丽,风致嫣然。就这首《菩萨蛮·人人尽说江南好》来说,韦庄将江南如画的美景以清新自然之感呈现在我们眼前:人人都说江南好,游人应该在江南一直待到老。江南的春水比天空还要蓝,还能够在精致的画舫中听着雨声酣眠。江南在垆边卖酒的姑娘好似月亮一样美,她露出的胳膊像凝结了的霜一样白。没有老就离开江南还乡,会让人悔断肠的。韦庄的这首词让人感觉这辈子不去趟江南实在是遗憾，江南的美景在中国的其他地方是找不到的，有机会大家还是去江南走一走，体验一下江南特有的风情。韦庄赞美江南的词不止这么一首，《菩萨蛮·如今却忆江南乐》也是称赞江南盛景的词：

如今却忆江南乐，当时年少春衫薄。骑马倚斜桥，满楼红袖招。

翠屏金屈曲，醉入花丛宿。此度见花枝，白头誓不归。

这首词是韦庄晚年回忆当年在江南生活的作品：我如今才想到当年在江南时候的欢乐，当时的我青春年少，风度翩翩，穿着薄薄的春衫，骑马倚靠在小桥边，满楼的女子都被我吸引，争先恐后地向我招手。还记得姑娘房中的屏风是弯弯曲曲的，那是我醉宿花丛的地方。如果让我再见到当年的姑娘，我一定不会从江南离开。这首词与第一首《菩萨蛮·人人尽说江南好》大体情感是一致的，都在表达对江南的喜爱以及不愿离开江南的意愿。但是第一首词主要是由江南的美景生发的感慨，而第二首词的感慨则是由江南的美女生发而来。韦庄的词，总能给人一种清新雅丽的感觉，他的词多短小却很精致，经得住人们的反复品味。

花间派作家的词作风格是有相通之处的，除了我们熟悉的"温韦",花间派其他作家的词也是值得欣赏的,下面再罗列几首供大家参考。此外,除了我给大家介绍的花间词,大家还可以围绕"花间派"来横向阅读,比较不同词人的不同创作特点,同中求异;也可以就某一个词人来看,分析他不同作品中渗透的相同元素是什么,异中求同。总之学习古诗词的方法有很多,大家一定要在日常的阅读写作中积极探索。下面列出四首花间派词作,这些词作在唐朝流行一时,温庭筠和韦庄是花间派的代表人物,但不是只有他俩才会写花间词。比如李泌,中唐力挽狂澜的名相,也是热播网剧《长安十二时辰》的主角,他的词也是花间派的中坚力作。

春山烟欲收,天淡星稀少。残月脸边明,别泪临清晓。
语已多,情未了,回首犹重道:记得绿罗裙,处处怜芳草。

(牛希济·生查子)

烟收湘渚秋江静,蕉花露泣愁红。五云双鹤去无踪。几回魂断,凝望向长空。
翠竹暗留珠泪怨,闲调宝瑟波中。花鬟月鬓绿云重。古祠深殿,香冷雨和风。

(李泌·临江仙)

兰烬落，屏上暗红蕉。闲梦江南梅熟日，夜船吹笛雨潇潇。人语驿边桥。

楼上寝，残月下帘旌。梦见秣陵惆怅事，桃花柳絮满江城。双髻坐吹笙。

（皇甫松·忆江南）

风帘燕舞莺啼柳，妆台约鬓低纤手。钗重髻盘珊，一枝红牡丹。

门前行乐客，白马嘶春色。故故坠金鞭，回头应眼穿。

（牛峤·菩萨蛮）

关于韦庄，大家还应该注意一下他的生平经历，他的生平年代大约在836年至910年间。整个唐朝存世约三百年，618年建国，907年朱温灭唐，历史进入较为混乱的五代十国时期。韦庄出生就已经是晚唐了，他见证了整个唐朝的覆灭。韦庄不仅仅是一个会写艳丽雅致小词的词人，他还是一位政客。韦庄年近六十的时候才考上进士，得了校书郎这么一个小官，这时候已经是890年左右，正是唐朝风雨飘摇、奄奄一息的时候。后光化三年，宦官发动了宫廷政变，囚禁唐昭宗，假拟圣旨，迎立太子李裕为帝。这本是宫廷乱象，韦庄由此预见了唐朝的没落与衰败，他毅然决定去四川投靠王建。当时尽管唐朝政权还没有土崩瓦解，但是地方已经形成了部分割据势力，在唐朝灭亡后的五代十国时期，不是政权依次交替出现的，而是同时并存的割据势力。韦庄投靠的王建就是后来十国中蜀国的开国皇帝。王建对投靠来的韦庄很是器重，韦庄也很尽心竭力地帮新主安邦定国，他入蜀后全力安抚蜀地的百姓，为蜀地的发展提供了很多建议，最重要的是他在朱温叛乱时极力拥护王建自立为皇帝，也正是这样，王建看到韦庄的忠心，在王建称帝的第二年便立韦庄为宰相。说来很是讽刺，韦庄在唐朝年近六十才刚刚考上进士，而在被视为"藩镇割据"的蜀地，韦庄尽管年迈却还能当宰相，也由此暴露了晚唐时期选才、政治等方面存在严重问题的事实。

冯延巳：独立小桥风满袖

谁道闲情抛掷久。每到春来，惆怅还依旧。日日花前常病酒，敢辞镜里朱颜瘦。

河畔青芜堤上柳。为问新愁，何事年年有。独立小桥风满袖，平林新月人归后。

（五代·南唐·冯延巳·鹊踏枝）

谁说闲愁被抛掷很久了？每到春天到来时，我的闲愁惆怅还和之前一样。日日在花前痛饮让自己大醉，长此以往镜子中的自己都变得消瘦了。河畔上芳草萋萋，河堤上杨柳依依，见到如此美景，我还是会问自己，为何每年都会有新的忧愁？我独立在小桥上，风吹拂着我的衣袖，只有新月照耀下的几棵小树在与我为伴。写下这首《鹊踏枝·谁道闲情抛掷久》，满腹惆怅的词人是五代十国时期的冯延巳。这

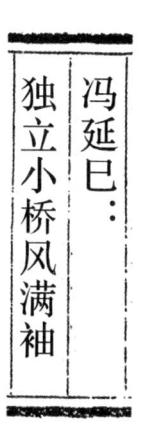

个人为什么哀愁呢？不是生活困难，他三次拜相，位极人臣；也不是无病呻吟，因为他的词情真意切，感情真挚。那究竟是什么让他如此惆怅？还需我们对这个人进一步了解。

冯延巳，字正中，南唐著名的文人、宰相。先来说说南唐这个国家，南唐是五代十国时期十国中的一个小国，主要的领土在淮河以南地区。南唐一共历经三代，第一任皇帝烈祖李昪，第二任皇帝中主李璟，第三任皇帝后主李煜。这其中我们最熟悉的应该是南唐后主李煜，因为他的很多诗词都被选入课本，流传比较广。冯延巳做过烈祖和中主两个时期的宰相，虽说冯延巳的官做得很大，但却没有什么大的政治作为，也正是这个原因，冯延巳曾经两次被罢相。冯延巳的人品历来也颇受非议，可能大家会奇怪这个政治上无所大作为，人品又一般的人怎么能够三次被启用为宰相呢？我想可能是时势造英雄吧。虽说在政治上没什么大的建树，但在文学创作上还是颇有自己的一套风格，他的才艺文章很受李璟的欣赏，他的词擅长借景抒情，以委婉、清丽的风格见长，《谒金门·风乍起》是他的代表作品，我们一起来欣赏：

风乍起，吹皱一池春水。闲引鸳鸯香径里，手挼红杏蕊。

斗鸭阑干独倚，碧玉搔头斜坠。终日望君君不至，举头闻鹊喜。

忽然吹来一阵春风,将池中的春水吹出片片涟漪。在小径中悠闲地逗着水中的鸳鸯,手里还揉着刚刚摘下的红杏花瓣。独自斜倚在栏杆上看水中的鸭子嬉戏争斗,头上戴的碧玉搔头斜斜地垂下来。整日思念心上人却不见心上人回来,一抬头正看见喜鹊在欢快地叫着。冯延巳在这首词中描绘了一个终日思念心上人、百无聊赖的女子。本是一首再寻常不过的词,没想到因这一首词,还引发了中主李璟和冯延巳君臣之间的一个小插曲:一日,李璟看着这首《谒金门·风乍起》故意取笑冯延巳说:"风乍起,吹皱一池春水,干卿何事?"意思是说,风吹拂水面与你冯延巳有什么关系呢?冯延巳立马回答道:"未若陛下小楼吹彻玉笙寒也。"说到底还是冯延巳识趣,自己写的诗词再好,怎么能好过皇帝呢?这也不算阿谀奉承,倒可以说成政治智慧。后来李璟的这句"风吹皱一池春水,干卿何事?"被人们当作与你何干或者多管闲事的话来说。冯延巳说的"小楼吹彻玉笙寒"这一句是李璟写的词《摊破浣溪沙·菡萏香销翠叶残》。不得不说南唐是一个文化气息异常浓厚的国家,不管是皇帝还是大臣都特别能写词,而且篇篇是经典,我们来看李璟的这首词:

菡萏香销翠叶残,西风愁起绿波间。还与韶光共憔悴，不堪看。

　　细雨梦回鸡塞远，小楼吹彻玉笙寒。多少泪珠何限恨，倚阑干。

　　菡萏就是荷花，荷花自古就有很多名字，比如芙蕖、芙蓉、莲花、水宫仙子等。荷花凋零，荷香也散尽了，水中的荷叶也都枯败，西风吹拂绿水，让人无限感伤忧愁。和韶光一起老去的人自然不忍心看眼前这番景象。在绵绵细雨中，梦境回到了遥远的边塞，醒来只听见小楼回荡着玉笙的声音。眼泪中满含多少遗憾与怨恨，无可奈何只能独自倚靠栏杆伤心流泪。"小楼吹彻玉笙寒"一句极具凄清之感，让人在本就清冷的秋季又添了几分寒意。关于李璟，在这里不做过多赘述，还是把话题回到冯延巳这里来。冯延巳的诗词风格总体上还是比较细腻婉约的，他的词中有很多都是以女子的口吻来写，这样做诗词表达的情感会更加细腻贴切，也容易让读者有情感上的共鸣。

　　春日宴，绿酒一杯歌一遍。再拜陈三愿：一愿郎君千岁，二愿妾身常健，三愿如同梁上燕，岁岁长相见。

　　这是冯延巳的《长命女·春日宴》，写的是宴会上的祝酒词：在春天的宴会上，喝一杯酒唱一曲歌，我在此拜了又拜，许下三个愿望：第一希望我的郎君能够长命百岁，第二希望我能够身体康健,第三希望我们夫妻二人能像梁上的燕子般永远相伴。很显然宴会上的主角应该是一对夫妻,妻子许下了三个很朴实又很有意义的愿望。这位妇人没有祈求自己的丈夫能够大富大贵,没有祈求自己变得年轻貌美,可见在寻常人家里,只要身体健康,夫妻和睦,便是最大的幸福。冯延巳的这首词用语真挚,将女子对美好生活的向往朴素自然地表现了出来。

李煜：多少恨，昨夜梦魂中

> 多少恨，昨夜梦魂中。还似旧时游上苑，车如流水马如龙。花月正春风。
>
> （五代·南唐·李煜·忆江南）

这首词是李煜的名作，词牌是忆江南，这个词牌很流行，白居易也用过，大家可以体会一下"江南好，风景旧曾谙"和这句"多少恨，昨夜梦魂中"。同样的词牌，内容、意境、感情迥然不同。词牌只是一个格式的规范，与内容关联不大。词发展到五代，经过许多词人的创作加工，定型了许多词牌，就是约束词的曲调和字数以及平仄规律的规范。词从诞生起，本无固定的词牌，但随着词的发展，词牌逐渐完善和定型，词人也开始依据词牌的格式要求而填词，还有许多词人发明新的词牌，使得词境大为开阔。"做个词人真绝代，可怜薄命做君王"，这一节我们来说李煜。李煜人生中最大的遗憾应该是做了南唐的皇帝。也许有人会说,做皇帝应该是普通人想都不敢想的好事,到了李煜这里为什么成了人生中最大的遗憾呢?这还得结合李煜这个人的生平经历来说。

先来说说南唐这个国家,这是五代十国时期位于江南地区的十国中的一个。相比其他九国,南唐的领土面积还算是比较大的。南唐一共经历三代,开国皇帝是李昪,第二代皇帝也就是中主李璟,第三代后主李煜,也是南唐的最后一个皇帝。南唐存国三十九年,时间并不长,但能在后世留下深远的影响,我觉得跟李煜有很大的关系,现在无论是初中语文教材还是高中语文教材,都有选用李煜的诗词,这也使得南唐这个朝代的名字为更多人熟知。如果我现在问五代十国中的十国除了南唐,那九个国家分别是什么,相信会有很大一部分人说不上来,还是因为这些国家都比较薄命,没有给后人留下深刻的印象。南唐虽然也是一个薄命的国家,但因有了李煜而没有被人们遗忘。

南唐在江南一隅,北方是北宋的统治范围,其实早在李璟时期,南唐就已经没有那么硬气了,第一代南唐皇帝李昪名正言顺地称自己是皇帝,而李璟就不行了,迫于北宋的势力,李璟主动去了帝号,这就表明当时的南唐已经尊北方的宋朝为正统。到了李煜时期更是这样,尽管在南唐大家都知道李煜是皇帝,可是在外边却不能这么说,李煜自称"江南国主",只是一个国家的主人,实在不敢称自己是皇帝。南唐在颤颤巍巍中度过了三十九年的时光，最终被北宋灭国。在这里值得说一说的是当时抓住李煜的北宋大臣曹彬，曹彬可以说是个好人，他奉命捉拿李煜并要押着李煜去宋朝首都汴京，在捉拿李煜之前，曹彬告诉李煜一去汴梁可就不似在南唐了，还劝李煜多收拾些金银细软以备不时之需。曹彬是宋朝的功臣，他们曹家也是当时的豪族，曹家后来出了很多大官，他的孙女曹丹姝嫁给了宋仁宗，就是后来大名鼎鼎的曹皇后，就连八仙传说中的曹国舅也是曹皇后的弟弟，这一家在宋朝可以说极尽风光。也李煜到了汴梁被很屈辱地封为"违命侯"。正是经历了国破家亡的亡国之痛，直接导致李煜诗词创作的变化，在南唐灭国之前，李煜词多是写宫廷生活、男女情爱，而在南唐灭国之后，李煜的词变得凝重哀婉，开篇给大家介绍的《忆江南·多少恨》就是李煜在被俘后回想之前生活的一首词。往昔的荣华富贵早已不在，如今的李煜沦为阶下囚，在对往事的追忆中我们可以看到李煜对痛失家园的悲伤与无奈：昨夜的梦里有多少遗憾啊。还记得上苑中的车马像流水和游龙一样川流不息，花朵在春风的轻拂中千娇百媚。对往昔生活的怀念只能在梦境中了，这是一个亡国之君的无奈。

四十年来家国，三千里地山河。凤阁龙楼连霄汉，玉树琼枝作烟萝，几曾识干戈？

一旦归为臣虏，沈腰潘鬓消磨。最是仓皇辞庙日，教坊犹奏别离歌，垂泪对宫娥。

这首《破阵子·四十年来家国》同样是李煜感伤亡国的作品。南唐建立将近四十年，幅员三千里都是南唐的领土。高大雄伟的宫殿都能连着霄汉，宫殿中到处都是奇珍异草、玉树琼枝，哪里见过战争的惨烈呢？如今我沦为俘虏，身体渐消瘦，两鬓白发，憔悴至极。记忆最深的是仓皇辞别宗庙的日子，教坊里还奏着别离的歌曲，无可奈何只能对着宫女垂泪。后来还有人拿这首词出来指责李煜，说国家灭亡不该先愧对你的大臣、你的百姓吗？为什么还要先对着宫女流泪呢？李煜这个时候不可能想不到他的子民百姓，只是此时的李煜已经无力回天，再多的不舍、无奈与悲伤也只能化作眼中的泪水。

李煜最终被宋太祖的一杯毒酒结束了生命。虽说在政治方面李煜是一个失败的君主，但仔细想想在当时的背景下，大一统是不可避免的历史趋势，江南的几个小国不可能长久发展下去，且宋朝的势力日益壮大，早晚都会灭掉这几个国家实现统一。只不过李煜的经历在顺应历史潮流的过程中略显悲壮。尽管李煜与他的南唐在历史的洪流中转瞬即逝，但李煜留下的诗篇却穿越千年，那一首首经典的诗词凝结了李煜的血泪与心酸，是千古词帝在文学创作上的极致辉煌。

林逋：暗香浮动月黄昏

> 吴山青，越山青，两岸青山相送迎，争忍有离情？
>
> 君泪盈，妾泪盈，罗带同心结未成，江边潮已平。
>
> （宋·林逋·相思令）

这首词写的是一对恋人难舍难分的情景。吴山与越山分别矗立在钱塘江两岸，青山相对，好像在目送钱塘江上来来往往的船只，这其中会有多少离情？将要分别的恋人早已眼含泪水，他们还未曾编织一个同心结，江水已经将离别的船只送走，留下的是平静依旧的江面。"多情自古伤离别"，无论是古代还是今天，人们在面对分别时总会感到不舍与心伤，其中滋味只有经历过刻骨铭心的离别才会懂得。写下这首词的是北宋词人林逋。林逋，字君复，是一位隐逸诗人，他终身未仕，也没有娶妻生子,年少时四处游历,四十岁时就常年隐逸在杭州的孤山上。也许大家会想,他都没有结过婚,怎么能写出这么情真意切的词来呢?也许他也经历过男女之间的相思相离,抑或是林逋的有感而发,但无论怎样,这首词气质文雅,构思巧妙,精简的篇幅中蕴藏着浓郁的感情。

大家熟悉林逋应该始于他的那首《山园小梅》,我们来重温一遍:

众芳摇落独暄妍,占尽风情向小园。疏影横斜水清浅,暗香浮动月黄昏。

霜禽欲下先偷眼,粉蝶如知合断魂。幸有微吟可相狎,不须檀板共金樽。

百花凋零后,梅花傲然绽放,小园中的风情都被它占尽。清浅的水面上倒映着它稀疏的倒影,淡淡的梅香在月下四处浮动飘散。冬日里的鸟要落在它的枝条上,会先偷偷看一看,若是蝴蝶知道了梅花的美丽,恐怕会羞愧地死去。幸好有梅花可以让我与之亲近,这种亲近不用靠檀板唱歌,也不需要喝酒助兴。这首诗中的"疏影横斜水清浅,暗香浮动月黄昏"一句历来被人们称赞,这两句所营造的静谧空灵的画面感超逸传神,极具端庄高洁之美。其实,《山园小梅》一共两首,我们熟悉的是它的第一首,现在来看第二首:

剪绡零碎点酥乾，向背稀稠画亦难。日薄从甘春至晚，霜深应怯夜来寒。

澄鲜只共邻僧惜，冷落犹嫌俗客看。忆着江南旧行路，酒旗斜拂堕吟鞍。

片片梅花就像剪碎的丝绸点缀着干枯的枝干，即使作画也难画出这样的情景。尽情地享受着日暮天光，霜重夜寒只怕会让它凋零。梅花的高洁只能与邻寺的老僧欣赏，而俗人因其孤傲高洁却将它嫌弃。回想当年在江南行路时，梅花的香气随着歪斜的酒旗一起拂着边走边唱的行人的马鞍。这两首《山园小梅》都在极力表现作者对于梅花的喜爱，同时也写出了梅花高洁的品质。林逋无疑是最爱梅的，他常年隐逸在孤山之上，遍植梅花，还养了许多仙鹤，自称"梅妻鹤子"，把梅花当作自己的妻子，把仙鹤当作自己的儿子，试想我们普通人哪有此种境界？传闻每当有客人来孤山拜访林逋时，林逋的童子就会放出仙鹤，林逋见到自己的仙鹤盘桓在孤山之上就知道有客前来，于是赶紧划着小舟归来。至今孤山上还有一个放鹤亭，就与林逋有关。

林逋的词传世的并不多，我们再来欣赏一首他的《点绛唇》：

金谷年年，乱生春色谁为主？余花落处，满地和烟雨。

又是离歌，一阕长亭暮。王孙去，萋萋无数，南北东西路。

这是一首咏草的词作。金谷园中春草年年都会繁茂地生长，这乱生的春色的主人是谁？这一句首先用典，金谷园说的是晋代石崇的"大别墅"，石崇是个富翁，最大的爱好就是和别人比谁更有钱，石崇建了自己的豪宅金谷园，过着纸醉金迷的生活。杜牧曾经写过一首诗《金谷园》：繁华事散逐香尘，流水无情草自春。日暮东风怨啼鸟，落花犹似坠楼人。杜牧诗中的"流水无情草自春"与林逋词中的前两句其实说的是一个意思，都在说草的生命力旺盛，春风吹又生。此外，林逋词中的这个"乱"字更是将草蓬勃的生命力和生长的恣意感表现了出来。接下来再看"余花落处，满地和烟雨"，繁花伴着烟雨从枝头凋落，最终会落在长满草的大地上。黄昏时刻，奏响一曲离歌，又是离人分别之时。远游的人已经走了，可这萋萋芳草依然长满了前行的路。最后两句又化用了白居易《赋得古原草送别》诗中的"又送王孙去，萋萋满别情"，白居易借写草的生生不息来表达自己对友人感情的深厚。林逋的这首词虽是在写"草"，但是全词中并没有提到"草"这个字眼，我们就是从全词的表述中感受与联想到作者在写草。林逋笔下的草是长亭边的草，且在烟雨中承载着落花，这场景自然会引发人们的惆怅之感。加上又是在黄昏，远行的人要前往远方，绵延不断的春草承载着绵延不断的离情，一棵棵柔嫩的草点缀着整个离别画面中的感情元素，景与情就这样巧妙地结合在了一起，既贴切又自然。

柳永：衣带渐宽终不悔

黄金榜上，偶失龙头望。明代暂遗贤，如何向。未遂风云便，争不恣狂荡。何须论得丧？才子词人，自是白衣卿相。

烟花巷陌，依约丹青屏障。幸有意中人，堪寻访。且恁偎红倚翠，风流事，平生畅。青春都一饷。忍把浮名，换了浅斟低唱。

（宋·柳永·鹤冲天）

每年6月占据热搜话题榜的一定有高考。这么多年来，人们对高考的关注度呈持续增温的趋势。确实，高考相对于其他考试来说具有一定特殊性。经历过高考，学生们就可以根据自己的兴趣爱好和特长选择自己喜欢的专业和学校去深造，为将来进入社会求职储备知识和能量，因此人们也就习惯性地把高考成绩与将来的很多事情联系在一起，认为只要高考考了高

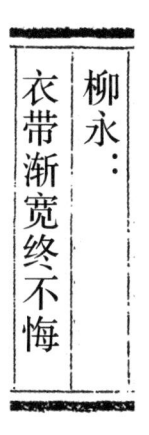

分，上好大学找好工作就顺理成章了，高考被当成鲤鱼跳龙门的重要环节，殊不知我国现在的职业教育发展态势向好，高考也并不是学生成长成才的唯一途径，而学生将来是否能拥有一份好工作，跟他自身的能力和综合素质有关，并不是简单的高考分数能够决定的。还有人把高考与古代的科举相提并论，这个说法也是不贴切的，虽然都是考试，但科举后举子及第就成了进士，根据他及第的位次和个人的才能高低就可以成为中央或地方的官员，他们通过考试得到了国家公务员的身份，显然与今天的高考性质不一样。

科举在古代着实十分重要，它是继察举制和九品中正制以后一个较为公平合理的人才选拔制度，通过科举，普通百姓人家的孩子有机会实现到士人的转变，完成社会阶层的跨越。十年寒窗，古代的教育资源远不如今天丰富，能够及第对于普通人来说是很难的，范进中举后高兴得能发疯，着实反映了科举及第的不易。尽管如此，也不是每一个人都如范进般对科举如此看重，下面要介绍的就是一位恣意狂荡的白衣卿相。

柳永，字耆卿，号三变，做过屯田员外郎，因此也称柳屯田，代表作有《望海潮·东南形胜》《雨霖铃·寒蝉凄切》等。柳永的词作多以儿女情长、离愁别恨为主题，这与柳永本人的生活经历是有关的，柳永长期混迹于青楼楚馆当中，其词风当然是比较绵软的。今天我们学习一首词，主要是通过背诵来完成，在古代，词是用来唱的，就像今天的流行歌曲一样，柳永相当于词作者，青楼中的歌妓们相当于演唱者，经由歌妓们的演唱，柳永的词得以流传得更广，因此便有了"凡有井水处，皆能歌柳词"的说法。柳永在民间混得风生水起，自以为应付科举也不在话下，可偏偏名落孙山未能及第，大概是因为柳永词作风格太绵。落榜后的柳永不以为然，写下了开篇的那首《鹤冲天·黄金榜上》，大致意思是说，在开明的年代尚且有贤士被遗忘，我科举失利纯属偶然，不必那么悲伤。后来这首词被当时的皇帝宋真宗看到，或许是柳永的高傲让见惯了追名逐利的宋真宗感到不适，他应该不曾想到还有如此狂放之人，便说了句"自去浅斟低唱，何要浮名？"有了皇帝的这道"口谕"，可想而知，柳永是无缘黄金榜了。不过柳永并不是汲汲于功名的人，也许词才是他心灵的真正归宿，在那里他能寻找到真正的快乐。

伫倚危楼风细细，望极春愁，黯黯生天际。草色烟光残照里，无言谁会凭阑意。

拟把疏狂图一醉，对酒当歌，强乐还无味。衣带渐宽终不悔，为伊消得人憔悴。

王国维用柳永《蝶恋花·伫倚危楼风细细》中的"衣带渐宽终不悔，为伊消得人憔悴"来形容人生治学的第二境界。对于这个"伊"的理解，对柳永而言，可以是心中向往的女子，也可以是柳永自己的理想与对作词这件事的热爱，王国维先生则将这句话的意思进一步扩展，用以说明想要成就大事业、大学问不是轻而易举的，需要多年的沉淀和辛勤付出才能有所收获。这种对于理想追求的崇高境界以及对于做学问孜孜以求的态度值得我们学习。

范仲淹：长烟落日孤城闭

塞下秋来风景异，衡阳雁去无留意。四面边声连角起，千嶂里，长烟落日孤城闭。

浊酒一杯家万里，燕然未勒归无计。羌管悠悠霜满地，人不寐，将军白发征夫泪。

（宋·范仲淹·渔家傲·秋思）

为我们描绘这幅边塞奇异秋景图的便是范仲淹。范仲淹，北宋政治家、文学家、思想家，苏州吴县人。今天当我们走出苏州火车站时，映入眼帘的便是范仲淹的巨幅雕像，范仲淹不仅仅是苏州的地方文化名人，更是中国古典文化的重要代表人物，通过他的诗词作品，我们能走近这位拥有"先天下之忧而忧，后天下之乐而乐"超然物外情怀的范仲淹。

《渔家傲·秋思》作于北宋与西夏对

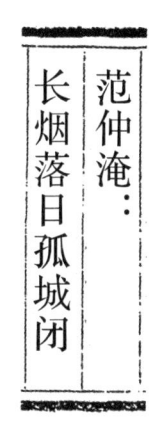

峙之际,任陕西兼略副使兼延州知州的范仲淹奉命驻守西北边塞,在亲自见证了边塞奇异的风光和战争的残酷以后有感而发:边塞的秋景奇异非常,不同于中原,秋来大雁又要飞向衡阳了,一点留恋的意思都没有。军中的号角声吹起,重峦叠嶂里,大漠孤烟伴着日薄西山的落日,一座孤城紧紧地关闭了城门。喝一杯浊酒,想起了万里之外的家乡,可惜啊,还没有在记功石上刻下自己的姓名,暂且还不能归去。悠悠的羌笛声在天空中飘荡,再加上地上的白霜更显得凄凉,难以入睡,将军们日夜操持有了白发,来此戍守的士兵们因为想家流下了伤心的眼泪。对于一个国家来说,朝廷政治清明,无内忧外患,百姓能够安居乐业便是极为可贵的,但是太平局面的维持往往是通过战争来获取。宋朝这个朝代在自我发展的同时,其西部、北部的少数民族势力也在崛起,典型的就是西北方位的西夏和东北一带的辽国,北宋位于中原地区,有开阔的土地和丰富的资源,自然成为这些少数民族势力垂涎的对象,因此北宋朝廷经常要派兵镇守边关以防外敌来犯。也许有人会问,范仲淹作诗写词那么厉害,不是个文官吗?为什么一个文官也会出关带兵呢?这就跟宋朝的用官制度有关系了,宋朝是一个颇为重视文官的朝代。首先,宋朝不杀文官,所以就有了苏轼被一贬再贬,甚至都被贬到了荒无人烟的海南岛上,朝廷就是这么不待见苏轼也没有把他弄死。其二,宋朝都是文官带兵,当然兵法这些问题并不是每个文官都懂，要打胜仗还是得依靠作战经验丰富的武将。拿范仲淹来说，虽然他的军事作战经验可能存在不足，但他是这支队伍的最高指示，他可以重用狄青这些威猛的武将，给予他们用兵指挥的权力，照样可以保证军队的战斗力。这样一来，朝廷不用担心某个将军拥兵自重，对朝廷造成威胁，相比较而言文官不会有那么大的野心。

范仲淹在西北的主要政绩一是发现并重用了狄青的军事才能，为之后宋朝抵抗西夏积蓄了力量；再就是启发张载。张载当年只是一个书生，但天资聪颖，喜好谈兵，在他二十一岁的时候曾向范仲淹上书《边议九条》，陈述自己的见解与主张，欲投笔从戎建功立业。但范仲淹敏锐地意识到这个人志向远大，有非凡才能，便劝说其成就事业不一定立军功，也可以做大学问。张载在范仲淹的鼓励下精进研究儒学，最终成为宋明理学的开创先锋，"为天地立心，为生民立命，为往圣继绝学，为万世开太平"。

结束西夏兵事稍宁，范仲淹被召回京城授枢密使，他大力提拔的欧阳修、王素等人锐意进取，其政治才能得到了充分的发挥。后范仲淹又被提拔为参知政事，相当于副宰相。范仲淹在任时的一项重要政绩便是推动庆历新政的改革。为缓解宋朝已经出现的各种尖锐矛盾，范仲淹连同富弼等人提出十项改革措施：明黜陟——严格考核官吏升降制度；抑侥幸——打破通过侥幸做官和升官的途径；精贡举——公正严明地举行科举，选拔有真才实干的人；择长官——严格地方官员考核制度；均公田——将地方官员的公田平均分配；厚农桑——重视农业生产；修武备——整治军备；减徭役——减轻百姓的徭役负担；覃恩信——严格落实朝廷的各项恩惠政策；重命令——认真对待和慎重发布朝廷号令，以期澄清吏治、富国强兵、严明法治。每一次改革都是建立在割让特定阶层的利益并伴有局部阵痛的基础上的，改革要顺利推进，必须抵抗住来自反抗势力的反扑，而往往因为新的改革触动了特定阶层的利益，特定阶层会实行猛烈的报复性反扑来镇压新事物，庆历新政同样遇到了这样的问题。拿均公田这一项措施来说，要分地方官员的土地给农民，势必行不通，没有人会愿意割舍自己的土地拱手让给他人；而抑侥幸一项又取消了官僚集团的特权，这当然也会让大官僚集团抵触。这些大地主、大官僚对新政的不满渐渐扩散，甚至开始对庆历新政的主要推行者进行攻击，最终导致连原本十分支持新政改革的皇帝宋仁宗都对新政产生了怀疑。也就是在庆历新政开始推行的一年后，范仲淹就被免去了参知政事的职务，贬去邓州，随着主张革新的一干人等都被逐出朝廷，庆历新政也宣告了失败。庆历新政持续了一年零四个月，这期间北宋朝廷政治清明，经济也有了很大起色，也为后续王安石变法的实施奠定了基础。

今天我们以历史发展的眼光看待庆历新政，觉得这是十分正确、英明的改革，但在当时的环境下，人们很难跳出现有的社会圈层，站在更高的高度来审视这件事情。所以后来的每一次改革运动都带有一定的前瞻性,要经过时间检验才能看出它自身的合理性与科学性。范仲淹的政治生涯随着庆历新政失败而结束,但他留下的文学作品愈加不朽,直至今日我们依然作为典范,这首《苏幕遮》同样是作于范仲淹镇守西北边陲之际,情景交融间流露的是范仲淹的一片真情:

碧云天,黄叶地,秋色连波,波上寒烟翠。山映斜阳天接水,芳草无情,更在斜阳外。

黯乡魂,追旅思,夜夜除非,好梦留人睡。明月楼高休独倚,酒入愁肠,化作相思泪。

当然,说到范仲淹,我们一定不能绕过的就是那篇描写岳阳楼盛景的《岳阳楼记》,"予观夫巴陵胜状,在洞庭一湖。衔远山,吞长江,浩浩汤汤,横无际涯,此则岳阳楼之大观也"。这是范仲淹写给谪守在巴陵郡的滕子京的一篇文章,滕子京治理有方,重修了岳阳楼,范仲淹作此文一是为了记录下来这件事,以表对滕子京政绩的认可,二是在赞叹岳阳楼盛景的同时表述自己的崇高思想境界,"不以物喜,不以己悲;居庙堂之高则忧其民,处江湖之远则忧其君。是进亦忧,退亦忧。然则何时而乐耶? 其必曰'先天下之忧而忧,后天下之乐而乐乎'"。这种忧国忧民、吃苦在前、享乐在后的精神自觉在今天依然是值得我们去学习和尊崇的。

张先：云破月来花弄影

水调数声持酒听，午醉醒来愁未醒。送春春去几时回。临晚镜，伤流景，往事后期空记省。

沙上并禽池上暝，云破月来花弄影。重重帘幕密遮灯，风不定，人初静，明日落红应满径。

（宋·张先·天仙子）

从感情表达的奔放程度来区分，宋词可以分为两大类：豪放词和婉约词。说到婉约，我们会觉得这是女词人偏爱的抒情方式，其实不然，一些读来婉约、柔情的词却是出自男词人的笔下。性别及性格固然对词的创作风格有一定影响，但更重要的还是词人自身对情感的把握和体味，很多写闺情的诗词都是出自男性笔下。开篇这首婉约、恬静、柔美的词便出自张先笔下。

张先，字子野，是婉约派的重要代表人物。他有一个非常霸气的外号"张三影"，因为他的词中有三句带"影"的句子非常值得品鉴，也正是这"三影"，奠定了张先在婉约词创作领域的地位。我们首先来看开篇这首《天仙子·水调数声持酒听》。水调是曲牌名，这首词一开篇便交代了创作的背景：一边听着水调曲，一边喝着美酒。酒醉醒来已经过午，虽然醉意渐消，但心中的愁却丝毫没有减少。美好的春光一年年逝去，不会再回来，看着镜中日渐苍老的自己，只能空自感叹美好的光景都过去了，往日的美好只能在回忆中重现。这是午后的光景，接着开始描写夜晚时分的景物：水边的禽鸟双双宿在一起，月亮冲破云朵的层层阻碍，露出清辉，花朵在晚风的吹拂和月光的笼罩下摇曳生姿，放下层层帘幕来遮住摇摆的灯焰。风还没有停，人们不再喧闹，想必明天落花会铺满小径吧。这首词中"云破月来花弄影"一句堪称经典，王国维在《人间词话》中说："词以境界为最上，有境界则自成高格。"他所说的境界可以理解为意境，填词不仅仅是按照一定的格律要求来堆砌文字，更重要的是通过文字为读者呈现出美的画面，给读者以美的享受。除了这句"云破月来花弄影"，张先的另外两句很有名的带"影"字的词分别出自《剪牡丹》中的"草径无人，随飞絮无影"和《归朝欢》中的"娇柔懒起，帘压卷花影"，大家可以将这两首词与《天仙子·水调数声持酒听》进行比较阅读，感受张先对意境塑造的独特之处以及他的创作风格。

琼瑶有一部小说《心有千千结》，这部小说的名字其实就来自张先《千秋岁·数声鹈鸠》中"心似双丝网，中有千千结"，琼瑶的小说很多人都读过，但是对张先的这首词可能却不太了解，我们一起来赏析一下这首词：

数声鹈鸠，又报芳菲歇。惜春更把残红折。雨轻风色暴，梅子青时节。永丰柳，无人尽日飞花雪。

莫把幺弦拨，怨极弦能说。天不老，情难绝。心似双丝网，中有千千结。夜过也，东窗未白凝残月。

鹈鸠，就是杜鹃，也叫子规。杜鹃这个意向在古诗词中经常出现，大多是来衬托凄清哀婉的环境和氛围。传说因为蜀王杜宇，也称望帝，被迫让位给自己的臣子之后隐居山林，最终含恨而死，死后魂魄化为杜鹃在山林中哀鸣，声音凄婉悲怆。因此后来的诗词中像"杜鹃啼血猿哀鸣""杨花落尽子规啼"等，氛围都比较凄凉。张先这首词也是这样：杜鹃声声啼叫，提醒人们春天又将要过去了。正是因为爱惜春天，所以把那残红折下，想要留住春天。梅子刚刚变青便遇到了狂风暴雨的洗礼。柳树在空无一人的园中，白雪般的柳絮漫天飞舞。不要把琴弦拨动，因为心中的幽怨并不能通过琴声来倾泻。天不老，情也不会断绝，心中就像有张双丝网，上边打着千千万万个结。黑夜将要过去了,东方还未泛白,天空中还留有一弯残月。古诗词中常有以景作结的现象,正如这篇词中,作者撇开自己的幽怨,将叙述视角转移到深邃的夜空与一弯残月上,就表达效果而言更加含蓄蕴藉,给人们留下了无尽的想象空间。

宋祁：红杏枝头春意闹

东城渐觉风光好。縠皱波纹迎客棹。绿杨烟外晓寒轻，红杏枝头春意闹。

浮生长恨欢娱少。肯爱千金轻一笑。为君持酒劝斜阳，且向花间留晚照。

（宋·宋祁·玉楼春·春景）

春天是生机盎然的，历来歌咏春天的诗词不在少数，这首《玉楼春·春景》是宋代词人宋祁的作品。因这一首词，宋祁有了"红杏尚书"的雅称，这首词究竟精彩在哪儿呢？我们一起来仔细分析：

春天到来，东城的风光渐渐好起来。小船在水面轻轻摇荡，起了一圈圈的波纹。远处的杨柳如烟，一片嫩绿，虽是早上但寒气已经很轻了，红杏在枝头沐浴着春光嬉闹。上片寥寥几句就将春天的生机勃勃生动地展现了出来，尤其是"红杏枝头春意闹"这一句，历来被人们称赞，王国维在《人间词话》中对这一句的品评是:"著一闹字而境界全出"。"闹"这个字给人什么感觉?首先有热闹,通过这个字我们可以想象枝头上的红杏密密匝匝有很多,这么枝繁叶茂、硕果累累才能称之为"热闹";还有就是生命力强,这个"闹"字本是人的动作,这里是将红杏拟人化,给红杏赋予了人的动作,红杏好像化身一个个小精灵,在枝头呼朋引伴,我们脑海中浮现出的画面也就不只是枝头的红杏,甚至还能听到欢声笑语,这个"闹"字将我们的视觉和听觉巧妙结合起来。也只有春日的光景才能使得这些活泼的精灵们有如此的生命力,试想如果是秋天,你看到一串被风霜侵蚀、被人们遗忘在枝头的红杏,你可能会说这串红杏在枝头"瑟瑟发抖",但绝不会说它们是"热闹"的。因这一个"闹"字用得如此巧妙,宋祁还做过尚书,所以人们就送给宋祁"红杏尚书"这个外号。古人在写诗作词中其实很讲究"炼字",一个字用得好就能拯救一首词,炼字起着画龙点睛的作用。我们都知道贾岛"推敲"的典故,为了确定到底是"僧推月下门"还是"僧敲月下门",苦思冥想一晚上。贾岛还有句诗,"吟安一个字,捻断数根须",意思是说为了确定诗中的某个字,一边拈着胡子一边深沉地想,胡子都被捻掉了好几根。贾岛是有名的苦吟诗人,"两句三年得,一吟双泪流",可想他在斟字酌句方面下了多大的功夫。再来看这首词的下片,人的一生常有遗憾,高兴的时候太少,怎肯为吝惜千金而轻视了欢笑呢？让我为你举起酒杯去劝告斜阳，求它停下来多照一照那些花朵。

宋祁，字子京，本是湖北人，后迁徙到河南杞县。成语"杞人忧天"中的"杞人"就是指一位杞县人。宋祁在政治上还是有一番作为的，他做过翰林学士，当过工部尚书，是正经的实权干部。能做得了大官，还能看得透人生，说出"肯爱千金轻一笑"，不为功名利禄而放弃自己的欢笑，着实是令人佩服的。另外宋祁还和欧阳修等重新修订了《新唐书》，足以见宋祁的文学功底也是十分深厚的。再来看宋祁的另一首《锦缠道·燕子呢喃》：

燕子呢喃，景色乍长春昼。睹园林、万花如绣。海棠经雨胭脂透。柳展宫眉，翠拂行人首。

向郊原踏青，恣歌携手。醉醺醺、尚寻芳酒。问牧童、遥指孤村道："杏花深处，那里人家有。"

这也是一首写春景的词。在燕子的呢喃声中，春日的景色愈加迷人，春昼也渐渐变长。亲眼见证了园林中花团锦簇的样子，海棠经过春雨，像染了胭脂一样红润，柳叶舒展开，像宫里女子画的眉毛那样，柳枝在风中摇曳，拂着行人的头。去郊外踏青，随意地与友人携手歌唱。即使喝酒喝到醉醺醺，还要去寻找更为芳醇的酒。问牧童哪里有更好的酒，牧童指着远处的村庄，说那里的人家有。演员邓伦演过一部电视剧《海棠经雨胭脂透》，这部电视剧的名字就是宋祁这首词中的一句。近几年来，越来越多的电视剧都选择古诗词中的句子当作片名，比如《寂寞空庭春欲晚》，选自刘方平的《春怨》，"寂寞空庭春欲晚，梨花满地不开门"；还有《知否知否应是绿肥红瘦》选自李清照的词《如梦令·昨夜雨疏风骤》等，这也从侧面说明古典诗词中特有的唯美与内涵是经得起时间检验的。还有最后问牧童寻酒这个细节，与杜牧《清明》中的"借问酒家何处有，牧童遥指杏花村"异曲同工，足以见词人在踏青过程中的放松恣意与欢快闲适。本节中介绍的宋祁的两首词都与春有关，我们见到了宋祁笔下的春景是多么生机盎然，宋祁对于春天是多么的喜爱。相信大家和宋祁一样，面对如此可爱的春天会有无限感慨，鼓励大家用自己的文字记录下关于春天的所见、所思、所感。

欧阳修：此恨不关风与月

把酒祝东风,且共从容。垂杨紫陌洛城东。总是当时携手处,游遍芳丛。

聚散苦匆匆,此恨无穷。今年花胜去年红。可惜明年花更好,知与谁同?

（宋·欧阳修·浪淘沙）

我端着酒杯问候春天,希望你能够留下与我一起享受美好,洛城的东边宽阔的大道两旁到处都是垂柳和杨树。回忆当年,我和朋友们携手在此,在花丛中游玩赏乐。无奈聚散都是匆匆,这种遗憾没有穷尽。今年的花开得比去年还红,明年的花会开得更艳丽,只可惜我却不知道能和谁一起欣赏这美景。这首写春天的小词出自宋代著名政治家、文学家欧阳修笔下,是欧阳修与老友梅尧臣在洛阳偶遇时所作。欧阳修,字永叔,号六一居士,江西人,唐宋八大家之一。无论在文学创作上还是政治仕途上，欧阳修都有着极高的成就，下面我们从两方面来对欧阳修进行介绍。

《宋史》载，欧阳修四岁丧父，和母亲相依为命，家境十分清贫。欧阳修的父亲欧阳晔在随州任推官二十五年，正直清廉。推官是基层事务官，官职不大，欧阳晔又常年驻外，所以家无余财，少年欧阳修的教育经费都成了问题。好在欧阳修的母亲郑氏夫人是名门闺秀，受过良好的家教。买不起纸笔，就用水边常见的芦荻根茎在地上教欧阳修识字，这就是画荻教子的典故。成年后的欧阳修，才华横溢，十七岁就参加科举，但接连两次落榜，他越发坚韧，终于在宋仁宗天圣八年的殿试中脱颖而出，进士及第，名次是第十四名。当时殿试主考是著名词人晏殊，事后晏殊说，文章是欧阳修第一，但其文辞锋芒过盛，考官们想磨炼其心性，所以降低了他的名次。

入仕后的欧阳修，心系家国，和好友范仲淹两次推行新政，改革北宋政治体制，但改革稍有成效时，即遭强大的既得利益集团反弹，均告失败，所以欧阳修也数次被贬官出京，到地方任职，为我们留下了《醉翁亭记》这样的千古名篇。

若夫日出而林霏开，云归而岩穴暝，晦明变化者，山间之朝暮也。野芳发而幽香，佳木秀而繁阴，风霜高洁，水落而石出者，山间之四时也。朝而往，暮而归，四时之景不同,而乐亦无穷也。

临溪而渔,溪深而鱼肥。酿泉为酒,泉香而酒洌;山肴野蔌,杂然而前陈者,太守宴也。宴酣之乐,非丝非竹,射者中,弈者胜,觥筹交错,起坐而喧哗者,众宾欢也。苍颜白发,颓然乎其间者,太守醉也。

(宋·欧阳修·醉翁亭记)

醉翁亭在安徽滁州,这篇《醉翁亭记》就是欧阳修做滁州太守时写的。这个地方刘禹锡也去过,因为他写过一首诗《滁州西涧》。这两段分别写的是琅琊山中的景色和滁州百姓出游时的情景。这篇文章中的名句就是"醉翁之意不在酒,在乎山水之间也"。本是说欧阳修的情趣并不是在喝酒,而是享受山水之间的乐趣。要知道欧阳修来滁州做太守并不是他主动要来的,而是被贬到滁州的。欧阳修庆历五年被贬官到滁州,被贬前曾任太常丞知谏院、右正言知制诰、河北都转运按察使等职。被贬官的原因是他一向支持韩琦、范仲淹、富弼、吕夷简等人,参与推行新政的北宋革新运动,反对保守的夏竦之流。韩、范诸人早在庆历五年一月之前就已经先后被贬官,到这年的八月,欧阳修又被加了一个外甥女张氏犯罪,事情与之有牵连的罪名,落去朝职,贬放滁州。

欧阳修就在仁宗朝随着庆历新政起起伏伏,可知欧阳修是力主改革的,但到了神宗朝,王安石为相推行新法力度空前的改革时，欧阳修又从实际出发，坚决抵制新法，批判新法扰民，所以又与神宗的朝局格格不入。欧阳修和苏轼非常像，不随波逐流，永远从实际出发，支持改革，但又不认同王安石激进的方式，时刻从百姓利益出发，从实际出发来看待改革，这在宋朝几次改革浪潮中，是难能可贵的品质。要知道，欧阳修就是录取苏轼为进士的主考官。嘉祐二年二月，欧阳修以翰林学士的身份主持进士考试，这是全国最隆重的选拔人才的大典，欧阳修作为主考，面对一张张参加贡举的试卷，把当时所流行的华而不实、故作高深、喜欢用生僻字作文的"太学体"文章一律黜落，选拔了文风扎实、言辞流畅、言之有物、文以载道的好文章。此举一改北宋立国以来由六朝承继而来的浮华文风，文坛放弃了掉书袋、写怪字、说怪话，以韩愈柳宗元的古文之风作为写文章的正宗，所以自此后，韩、柳、欧、苏被誉为千古文章四大家。韩柳是唐人，苏还是欧的学生。

大家不要怀疑宋代科举的严格和公正，科举自隋产生，发展到宋，已经实行了严格的糊名法，就是考生的考卷写完后，要把名字糊上，再由专门的书吏誊写一遍，考官阅卷是看不到考生原始字迹的，所以不会有什么人情问题。就在这一场主考中，欧阳修在糊名的考卷里，以文章取士，放出榜来，苏轼、苏辙、曾巩等千古文人都榜上有名。早先苏洵曾带苏轼和苏辙来拜谒欧阳修，苏洵老辣的议论文章被欧阳修大加赞赏，苏洵也因欧阳修的赞誉而名满京师。

此次贡举,苏轼和苏辙同榜进士,又成了千古佳话,加上曾巩,唐宋八大家中的四位都与欧阳修的奖掖有关,足见欧阳修这位文忠公对"文"的贡献。

平生为爱西湖好,来拥朱轮。富贵浮云。俯仰流年二十春。

归来恰似辽东鹤,城郭人民。触目皆新。谁识当年旧主人。

(宋·欧阳修·采桑子)

晚年的欧阳修,已经是仁宗、英宗、神宗三朝元老,因看不惯王安石一条又一条的新法颁布,多次请求离京,终获神宗批准,熙宁四年辞职离京,居于颍州,在曾经主政过的颍州西湖畔养老,这首词中的西湖,便是指颍州西湖。词中的"流年二十春""城郭人民""触目皆新",都是饱含感慨之作。颍州西湖也和苏轼所在的惠州西湖一样,因名人而名满天下。熙宁五年闰七月二十三日,欧阳修在家中逝世,享年六十六岁。熙宁七年八月,朝廷赐谥号"文忠"。一个文加一个忠字,是对欧阳修的一生总括。

晏殊：小园香径独徘徊

槛菊愁烟兰泣露，罗幕轻寒，燕子双飞去。明月不谙离恨苦，斜光到晓穿朱户。

昨夜西风凋碧树，独上高楼，望尽天涯路。欲寄彩笺兼尺素，山长水阔知何处？

（宋·晏殊·蝶恋花）

王国维把做大事、做学问的第一境界用晏殊的这句"昨夜西风凋碧树，独上高楼，望尽天涯路"来形容，意思是说，要想成就一番大事业，首先要有执着的内心，登高望远，明确自己前进的方向和目标。而最初晏殊的这句词是用来表达自己不见心上人的离愁别绪的，因其所营造的环境氛围极具美感，言有尽而意无穷，因此成为千古佳句。晏殊，被称为"富贵词人"，他的生活富足优裕，官至宰相，在我们看来，晏殊的生活非常圆满，处在这种生活环境中的他是不应该有任何忧郁和烦心事的，可他的这首《蝶恋花·槛菊愁烟兰泣露》偏偏成为描写离愁别恨的代表作。晏殊写愁不是那种撕心裂肺、肝肠寸断的感觉，而是雍容淡雅、婉约含蓄，我们一起来欣赏他的这首词：栏杆旁的菊花被愁烟笼罩，兰花叶子上的露水好似泪珠，燕子也双双离去。明月是不懂得离别的苦楚滋味的，依然将皎洁的月光斜穿过红色的窗户。昨天晚上，无情的秋风凋落了树叶，我独自登上高楼，望尽天涯路。想要寄走写满我心意的彩笺和尺素，却不知山长水阔，我该寄往何处？仔细品味，这首词上下两片的意境表达略有不同，上片通过"愁烟""泣露""离恨苦"这些意象借景抒情，构造了哀愁悲伤的氛围，个人情感吐露占据了整片内容，显得格局略窄；而下片"独上高楼，望尽天涯路"则使整首词的意境一下子变得阔达，给人豁然开朗之感，思想境界和艺术水平上升到了一个高度。

我们比较熟悉的另一首就是晏殊的《浣溪沙·一曲新词酒一杯》了，这首词比较简短也非常好理解，把晏殊词作风格中的这种闲情逸致和诗酒生活完美地体现了出来：

一曲新词酒一杯，去年天气旧亭台。夕阳西下几时回？
无可奈何花落去，似曾相识燕归来，小园香径独徘徊。

晏殊在文学创作领域取得的成就可圈可点,但不要忘了,晏殊还是一位政治家,在政治生活中,晏殊同样有很出色的成就。首先,晏殊是个神童,天资聪颖,这是他以后能够平步青云的一个关键因素。晏殊在十四岁的时候参加科举考试,脱颖而出,高中进士,获同进士出身。作为一个十四岁的少年,能取得这样的成绩可以说是奇迹了。晏殊前半生的仕途走得还算顺利,仁宗朝时西夏来犯,晏殊官至宰相兼枢密使,提出了许多军事策略,对于宋朝能很快平定西夏的叛乱起了很关键的作用,比如建议撤销内臣监军,重用将领,赋予他们决策指挥权;削减宫中的开支以支援边塞军事;训练弓箭手,一定程度上提高了宋军的战斗力。晏殊能在文学领域独树一帜的同时,还能在军事政治领域提出自己的独到见解,实在是不可多得的人才。晏殊后半生,仕途开始走下坡路,不过还好晏殊本人没有受到戕害,庆历四年被罢相后先后以礼部、刑部尚书的身份至陈州、许州,这是宋朝很有趣的"官差分离"现象,晏殊本是京官,罢相后外调至地方,但晏殊的待遇不会有十分明显的落差,因为就算晏殊到了地方,他享受的还是中央礼部尚书、刑部尚书的待遇,这无疑是对宋朝士大夫的一种保护。后晏殊因病请求回京医治,仁宗知道后特留晏殊在身边,仍以宰相的待遇对待他。从仁宗对待晏殊的态度,便可知晏殊是多么德高望重。

更为难能可贵的是,晏殊虽身为高官,但依然平易近人，乐于提携后辈，为宋朝政治的稳健发展培养了后续力量。我们熟知的名臣范仲淹、欧阳修、富弼，还有后来同样做到宰相的韩琦，都出自晏殊门下。有的人虽身居高位却不能做到胸怀宽广，为了维护自己的既得利益甚至还会排挤打压后辈，而晏殊则完全以"平生不解藏人善，到处逢人说项斯"的态度对待后辈，于国家的发展和自身的成就而言都是有益的，这种难得的精神才是一代名相应有的气魄。

晏几道：当时明月在

梦后楼台高锁，酒醒帘幕低垂。去年春恨却来时，落花人独立，微雨燕双飞。

记得小苹初见，两重心字罗衣。琵琶弦上说相思，当时明月在，曾照彩云归。

（宋·晏几道·临江仙）

说到晏几道，自然也要提到晏殊，晏几道是晏殊的第七个儿子，晏殊在文坛上颇具盛名，他的儿子也不会差到哪里去。晏殊与晏几道并称为"二晏"，父亲晏殊是"大晏"，儿子晏几道是"小晏"。

虽然晏几道在文学领域的成就可以和他的父亲比肩，但在政治仕途上，晏几道要远远逊于晏殊。我们都知道晏殊在仁宗时官至宰相，位极人臣，奖掖后生，治国有方，所以晏殊除了是一位文学家，还是一位合格的政治家。而晏几道的仕途却平平无常，他没有凭借着自己父亲的关系获

得更高的官位，只是做了开封府判官、监颍昌府许田镇、乾宁军通判等一般的官职。当然这跟每个人的志趣意愿是分不开的，不是所有人都愿意去经历官场的沉沉浮浮，能在诗词的国度里逍遥自在，何尝不是一件幸事呢？

晏几道诗词代表作中最脍炙人口的"落花人独立，微雨燕双飞"出自他的《临江仙·梦后楼台高锁》。可实际上这两句词根本不是晏几道的原创，最早是在五代诗人翁宏的《春残》中出现的："又是春残也，如何出翠帏？落花人独立，微雨燕双飞。"相比之下，翁宏远没有晏几道出名，也难怪大家都以为"落花人独立，微雨燕双飞"是晏几道的手笔。仔细品味晏殊与晏几道的诗词，我们可以看出这二人的诗词风格还是不一样的，晏殊的词总体上透露着一种雍容闲适、婉约淡雅的风格，而晏几道的诗则有一丝淡淡的忧愁，当然这与他的生活经历密不可分。晏殊任职宰相时，晏几道尚处在少年时期，后随着晏殊罢相，晏几道的家室地位、生活光景远远不如从前，但好在晏殊没有遭遇抄家、流放等，这也使得尽管晏家不如早年间辉煌，却也不至于落魄，所以晏几道的诗中裹挟的是一丝"淡淡的忧愁"。

除了上文提到的"梦后楼台高锁"中提到"梦"以外，晏几道还有一句词提到了"梦"，那便是"犹恐相逢是梦中"，这句词出自《鹧鸪天·彩袖殷勤捧玉钟》：

彩袖殷勤捧玉钟，当年拚却醉颜红。舞低杨柳楼心月，歌尽桃花扇底风。

从别后，忆相逢，几回魂梦与君同。今宵剩把银釭照，犹恐相逢是梦中。

这首词与《临江仙·梦后楼台高锁》类似，都是在诉说自己追寻意中人爱而不得的感伤与无奈，这里的意中人，除了美人还可以指理想。在古诗词中，"彩袖""红袖""绿袖"都代指美女，前两句的意思是美女捧着酒杯来为我献酒，当年心甘情愿醉倒在红颜间。这里特别说一下"拚"这个字，这个字比较生僻，有人感觉它和"拼"长得像，把它念成了 pīn，甚至在一些盗版书上，直接就印成了"当年拼却醉颜红"。这个字的正确读音是 pàn，四声，甘愿、不顾惜的意思。自从分别后，多么想再和你重逢，好多次在梦中梦到你。舞姿曼妙、歌喉婉转，在歌舞声中月亮落到了杨柳树梢，桃花扇下的风儿也逐渐消歇了。今夜我举起油灯仔仔细细地看你，生怕我们还是在梦中相见。这首词通过今昔对比，既有分离的哀婉惆怅，又有重逢的欣喜，字字真情，句句惆怅。晏几道的词多写儿女情长，晏殊死后，晏几道的生活更加坎坷，在经历过家道中落，品味过各种悲欢离合后，晏几道的词在苍凉感的塑造上更进一步，有代表性的是《阮郎归·天边金掌露成霜》：

天边金掌露成霜，云随雁字长。绿杯红袖趁重阳，人情似故乡。

兰佩紫，菊簪黄，殷勤理旧狂。欲将沉醉换悲凉，清歌莫断肠。

这首词首句先用典，化用了汉武帝在建章宫外竖立二十丈高的铜柱，铜柱上有铜人，手中拖铜盘，秋天汉武帝早上要喝铜盘中的"雨露"，以求延年益寿。但凡有点儿生活常识的人都知道，秋季的夜晚或者清晨会有露水，那铜盘里的水就是露水，怎么会延年益寿呢？只可惜当时的汉武帝想不明白，以为那就是天上神仙送来的"神水"。天边的云彩好像仙人金掌托着雨露，露水凝结成了霜，云和大雁一起向南方飘移。在重阳佳节和红袖佳人一起举杯喝酒，人情温暖好似故乡。佩戴着紫色的兰花，头发上簪上黄色的菊花，回忆着过往。想要大醉一场来掩盖心中的悲凉，一定不要唱让人断肠的清歌。重阳佳节，本是家人团聚的日子，可此时的晏几道身处异乡、经历坎坷，悲凉凄清之感便成为词作的基调。

王安石：归帆去棹残阳里

伊吕两衰翁，历遍穷通。一为钓叟一耕佣。若使当时身不遇，老了英雄。

汤武偶相逢，风虎云龙。兴王只在谈笑中。直至如今千载后，谁与争功！

（宋·王安石·浪淘沙令）

伊尹和吕尚原本是渔翁和农夫，经历穷困后变得通达。若是当初汤王、文王没有知遇他们，他们纵然是英雄也只能老死山林。正是因为汤王和文王能遇上他们，就好像云生龙、风生虎一样，在笑谈中就建起了兴旺大业。这首《浪淘沙令·伊吕两衰翁》是王安石为感激宋神宗的知遇之恩所作的一首词，伊尹，这个"尹"并不是名字，而是官职，伊尹的原名叫伊挚，汤王起用他灭了夏，伊尹成了商朝的开国功臣。吕尚，就是我们熟知的姜子牙，姜子牙受到文王的重用，后辅助武王灭了商朝，武王将姜子牙封侯在齐地。王安石在这首词里用伊尹和吕尚的典故表明自己会和他们一样大展政治宏图，有一番作为。

王安石，字介甫，号半山，世称王荆公，北宋著名政治家、改革家、诗人。我们熟悉的王安石的诗有很多，比如《元日》《泊船瓜洲》等，但王安石的才能不仅仅是写几首诗，还主张了变法。说到北宋的发展状况，人们通常会用"积贫""积弱"两个词来概括，为改变这种状况，王安石提出革新政治从而达到富国强兵的目的。对于变法，王安石在各个领域都有涉猎，比如在军事上实行保甲法，朝廷要组建自己的军队来维持国家的长治久安，但是如果把所有的年轻男性都养在军队里，又会加重国家的负担，这样一来是不利于改变朝廷的发展局面的。王安石的变法就是把乡村中的闲散人员组合在一起，五家为一保，五保为一大保，和平时期大家在家种田，这期间朝廷不负担这些人的费用；一旦有战事发生，这些农村中的兵力就可以快速集合，与朝廷的正规军一同奔赴前线，这样不仅能团结民间的力量，还为国家节省了大笔的军费开支。

在农业上，王安石实行的是"青苗法"。土地兼并严重是每个朝代都会面临的问题，土地兼并的原因其实很简单，就是自然经济的脆弱性，农民只能靠天吃饭，一旦这一年遭遇了自然灾害，农民就会颗粒无收，只能去向地主借种子。如果第二年风调雨顺，农民可以及时将地主的债还上还好；如果第二年歉收，就要将自己的土地给地主，自己成为地主的佃农。如果大量农民都沦为佃农，事态就会变得严重，地主势力不断扩大，不断加重对佃农的盘剥，在这样的循环下，局势很容易不稳定。为了改变这一现状，王安石采用青苗法，每当遇到天灾、农民歉收的时候，政府就发放一批青苗，也就是种子，以较低的利率借给农民，等到第二年农民有了收成再将借政府的青苗连本带息还回，这样就可以避免农民向地主借"高利种子"，保证农民手中始终有土地，扼制土地兼并。王安石的变法起到了一定成效，但是改革触动了地主和一些富商的利益，再加上朝廷中保守势力的反对，宋神宗对这次变法的决心也动摇了，变法被叫停，王安石也被罢免了宰相职务，改任江宁知府。

王安石被罢相的第二年得到了重新起用，但是此时的政治格局更加混乱，保守派依旧顽固难以动摇，新兴的革新派内部又发生了分裂，这给本来就脆弱的变法带来了更大的困难。在这种环境下，王安石想要做出一番成就的难度可想而知，两年后，王安石再次被罢免，又回到了江宁。

登临送目，正故国晚秋，天气初肃。千里澄江似练，翠峰如簇。归帆去棹残阳里，背西风，酒旗斜矗。彩舟云淡，星河鹭起，画图难足。

念往昔，繁华竞逐，叹门外楼头，悲恨相续。千古凭高对此，谩嗟荣辱。六朝旧事随流水，但寒烟衰草凝绿。至今商女，时时犹唱，后庭遗曲。

　　这首《桂枝香·金陵怀古》是王安石在金陵登山望远时的感慨，金陵是六朝古都，在这里发生了许多故事，繁华竞逐，悲恨相续，六朝旧事都随着长江水逝去了。这首词的最后又化用杜牧"商女不知亡国恨，隔江犹唱后庭花"的典故抒发对历史兴亡的感慨。王安石经历了两次罢相，仕途的坎坷加上自己主推的变法失败也给王安石的晚年生活增加了一丝凄凉，再次罢相的王安石便隐逸在了江宁。宋哲宗继位后，任用了反对王安石变法的司马光为相，逐渐废除了刚刚实施的新法。王安石纵然心有不甘，但究竟已无力回天，最终怀着一份遗憾去世了。

　　王安石一生最大的遗憾莫过于没有将自己的变法成功施行，假若历史能给王安石一个机会，那么这次变法又是否会改变历史发展的进程呢？我们不得而知。《登飞来峰》这首诗是王安石早期的一首作品，从这首诗里我们足以看出王安石那种拨云见日、高瞻远瞩、敢教日月换新天的气概：飞来山上千寻塔，闻说鸡鸣见日升。不畏浮云遮望眼，只缘身在最高层。

苏轼：十年生死两茫茫

十年生死两茫茫。不思量，自难忘。千里孤坟，无处话凄凉。纵使相逢应不识，尘满面，鬓如霜。

夜来幽梦忽还乡。小轩窗，正梳妆。相顾无言，惟有泪千行。料得年年肠断处，明月夜，短松冈。

（宋·苏轼·江城子）

说到苏轼，他的词是豪放的，他的性情是豪放的，他的人生也是豪放的。但是我们要知道，豪放并不等于没有柔情，我们常说铁汉柔情，不管多么刚强坚毅的人，内心都有柔软的地方。苏轼又何尝不是呢？要说苏轼的柔情，还得是从苏轼与王弗的爱情说起。

王弗是苏轼的结发妻子，与苏轼同是眉州人，十七岁那年便嫁给了十九岁的苏轼。苏轼与王弗感情很好，有一子苏迈。

不幸的是，王弗并没有陪伴苏轼太久，在他们结婚十一年后，王弗因病在京师开封去世，应王弗的要求，苏轼将其葬在离苏洵夫妇墓不远的地方，还在墓周遍植松树，以寄托哀思。熙宁八年正月二十日，苏轼梦到了自己的亡妻，于是写下了开篇的那首《江城子·乙卯正月二十日夜记梦》。我们夫妻二人生死诀别已经整整十年了，不用刻意去思量，也始终难以忘怀。遥想千里之外你的孤坟，心中顿觉凄凉。纵使我们夫妻二人能够再次见面，恐怕你也不会认出我，我已经是满面尘灰，两鬓如霜。今晚我做梦忽然回到了我们之前的家中，只见你正坐在小窗边细细地梳妆，我们二人相对沉默无言，只有落泪千行。料想那明月照耀着、长着小松树的坟山，就是让我日夜思念、痛欲断肠的地方。说到悼亡诗，尤其是悼念亡妻的诗词，最感人肺腑的莫过于苏轼的这首《江城子》和元稹的《遣悲怀》。从苏轼的词中，我们可以感受到他对王弗的深深思念和对王弗早逝的无可奈何，但值得庆幸的是能懂苏轼的女子不止王弗一个，接下来我们再来介绍王闰之和王朝云。

王闰之是王弗的表妹，相比之下，王闰之陪伴苏轼的时间远远超过王弗，王闰之跟随苏轼从家乡眉山来到京城开封，尔后辗转于杭州—密州—徐州—湖州—黄州—扬州等地，在跟随苏轼的二十五年时间里，王闰之为苏轼生下苏迨和苏过，并悉心照料王弗留下的孩子苏迈。从熙宁元年到元祐八年是王闰之与苏轼共同生活的时期，也是苏轼人生经历波折动荡的时期，尽管我们没有找到苏轼写给王闰之的诗文记载，但是我们有理由相信，能够一心一意陪在苏轼左右，与他一起面对人生中的风风雨雨，尽管平凡亦是伟大。

再来说王朝云。王朝云本是苏轼家的一名歌妓，天生丽质，能歌善舞，虽混迹于烟尘中，但清新脱俗，苏轼将其纳为侍妾。朝云姑娘虽然出身并不高贵，却颇得苏轼赏识。传闻，一日苏大学士酒足饭饱后摸着自己的肚子问身边的人："我这肚子里都是什么呢？"有的人说是满腹才华，有的人说是一肚子诗词，苏轼听了并不满意，这时朝云姑娘说道："这是一肚子的不合时宜。"苏轼听了爽朗大笑，赞叹道："识我者，唯朝云尔。"除了对苏轼的了解，朝云与苏轼还有情感上的共鸣，据说苏轼在被贬惠州时，朝云常常为其弹唱这首《蝶恋花》：

花褪残红青杏小，燕子飞时，绿水人家绕。枝上柳绵吹又少，天涯何处无芳草？

墙里秋千墙外道，墙外行人，墙里佳人笑。笑渐不闻声渐悄，多情却被无情恼。

每每唱到"枝上柳绵吹又少"一句时，朝云便会伤感，以致伤心流泪而不能完整地唱完"天涯何处无芳草"，苏轼则会在一旁笑着说道："我刚悲秋，你又伤春！"朝云对苏轼的感情也是真挚的，后苏轼被贬到岭南，他遣散了所有姬妾，唯有朝云不肯离去，一心跟随苏轼去了岭南。岭南的气候远不似中原，虽说苏轼曾有诗云"日啖荔枝三百颗，不辞长作岭南人"，但是岭南毕竟是一个瘴疠之地，气候潮湿，环境恶劣，不太适宜生存。朝云姑娘在岭南病逝，因朝云平生笃信佛法，苏轼在其死后为其建造了"六如亭"，六如是一个佛教用语。这座亭子上的对联"不合时宜，唯有朝云能识我；独弹古调，每逢暮雨倍思卿"足以彰显苏轼对朝云姑娘的眷恋。苏轼作的《朝云》一诗，也诉说着他对朝云的深沉情感：

不似杨枝别乐天，恰如通德伴伶玄。
阿奴络秀不同老，天女维摩总解禅。
经卷药炉新活计，舞衫歌扇旧因缘。
丹成逐我三山去，不作巫阳云雨仙。

苏轼：但愿人长久

丙辰中秋，欢饮达旦，大醉，作此篇，兼怀子由。

明月几时有？把酒问青天。不知天上宫阙，今夕是何年。我欲乘风归去，又恐琼楼玉宇，高处不胜寒。起舞弄清影，何似在人间。

转朱阁，低绮户，照无眠。不应有恨，何事长向别时圆？人有悲欢离合，月有阴晴圆缺，此事古难全。但愿人长久，千里共婵娟。

（宋·苏轼·水调歌头）

上一节我们说到了苏轼与王弗、王闰之和朝云姑娘之间深厚缱绻的爱情故事，这一节我们来讲一讲苏轼和他的弟弟苏辙之间的兄弟情谊。

首先来说说苏轼一家。有着"一门父子三词客"的苏家出了三位大学士，分别

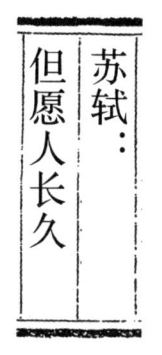

是父亲苏洵、长子苏轼和次子苏辙,且这三位是同一年考中的进士。且不说这在古代"学而优则仕"的文化氛围中是一件多么荣光的事,就是在今天,要是谁家的两个孩子一同考上了大学,都是令家族和亲朋无比骄傲的。大家也许会奇怪,为什么父亲会跟儿子一年考上进士呢?其实苏洵应该算是大器晚成的人,在《三字经》里有"苏老泉,二十七。始发奋,读书籍",这里的苏老泉说的就是苏洵,他开蒙很晚,到了二十七岁才开始发奋读书,也难怪他会和儿子们同一年考中进士。苏轼在文学创作领域的成就是父子三人中最高的,他与辛弃疾都是豪放派词人的代表,留下了许多脍炙人口的诗篇;他还精通书法,与黄庭坚、米芾、蔡襄并称"宋四家";他还是美食家,我们今天常说的"东坡肉""东坡肘子",都是由苏轼开创出来的。尽管苏轼在文学领域有很多成就,也有极高的才华,但在政治方面,苏轼的仕途可谓非常糟糕。苏轼有诗"问汝平生功业,黄州惠州儋州",说自己一生的功业都在黄州、惠州和儋州,而这三个地方都是苏轼被贬谪流放之地,不夸张地说,苏轼入仕以后就一直遭遇贬谪,他从京城一直被贬到海南,足以见朝廷有多么"烦"他。幸好宋朝有不杀文官的制度,尽管苏轼被一贬再贬,但始终没有性命之忧。与苏轼相反,苏辙在朝廷中甚至做到了尚书右丞,虽也经历过宦海沉浮,但苏辙的境遇远比苏轼好很多。

有人说苏轼与苏辙二人的名字就暗示了他们二人前途

命运的走向。"轼"是车前的横木,供人在远观时做扶手之用,虽然看起来没有多大用处,但缺了这根横木,车便不是完整的车,所以"轼"通常只能作为装饰品。苏洵对苏轼的希望就是要懂得把自己真实的想法掩藏起来,不要太冲动,而事实正好相反,苏轼每次进谏都是直言不讳地将自己的想法说出,以致招来排挤,自然免不了被贬谪的遭遇。而苏辙的"辙"是车印的意思,每个车走过都会留下车印,无论驾车的人驾着车做了好事还是坏事,都与车印无关。所以苏洵希望苏辙能够平平安安,平稳过完自己的一生。当然这些只是后人的揣测,人的命运和前途岂是一个名字能够决定的。尽管苏轼苏辙兄弟二人的人生轨迹迥然不同,但他们之间的兄弟情谊并没有因为官位的高低和空间的距离而淡化,《水调歌头·明月几时有》就是时任密州太守的苏轼在中秋节的夜晚写给六年未曾谋面的弟弟的,词中"人有悲欢离合,月有阴晴圆缺"道尽了世事无常、聚散有时的无奈。结句"但愿人长久,千里共婵娟"一句流传甚广,我们今天过中秋节时也经常会用这句词来表达对远方亲人的美好祝愿。

在苏轼写下《水调歌头·明月几时有》的第二年,苏轼要赴徐州任知州,苏辙与之偕行。到达后,苏辙在徐州停留了百余日,兄弟二人共同度过了一段美好的时光。中秋节时,二人一起泛舟赏月,终于得过一个团圆的佳节。然中秋过后,苏辙又要转道赴南都,也就是今天的河南淮阳留守签判任，于是在临别前也写下了一首《水调歌头·徐州中秋》：

离别一何久，七度过中秋。去年东武今夕，明月不胜愁。岂意彭城山下，同泛清河古汴，船上载凉州。鼓吹助清赏，鸿雁起汀洲。

坐中客，翠羽帔，紫绮裘。素娥无赖，西去曾不为人留。今夜清尊对客，明夜孤帆水驿，依旧照离忧。但恐同王粲，相对永登楼。

这首词主要体现的是苏辙与苏轼久别重逢之后的欣喜和又要分别时的难舍之情，生动地表现出苏轼和苏辙兄弟的手足情深。苏轼与苏辙唱和的诗词不少，除了这两首《水调歌头》外，比较有名的还有那首《怀渑池寄子瞻兄》和《和子由渑池怀旧》：

相携话别郑原上，共道长途怕雪泥。
归骑还寻大梁陌，行人已度古崤西。
曾为县吏民知否？旧宿僧房壁共题。
遥想独游佳味少，无方骓马但鸣嘶。

人生到处知何似，应似飞鸿踏雪泥。
泥上偶然留指爪，鸿飞那复计东西。

老僧已死成新塔,坏壁无由见旧题。
往日崎岖还记否,路长人困蹇驴嘶。

从第二首诗来看,诗中充满了苏轼积极达观的人生态度,他劝勉苏辙:尽管人生总是会充满颠沛流离,但我们应该要像飞鸿一样纵情展翅高飞,而不要介意在雪泥中留下的脚印。苏轼的一生尽管坎坷,但他确是极为乐观的,通过他写给苏辙的诗我们也能看出他希望弟弟无论何时都要保持昂扬的人生态度,一字一句中透露着手足情深。

黄庭坚：此心吾与白鸥盟

春归何处。寂寞无行路。若有人知春去处。唤取归来同住。

春无踪迹谁知。除非问取黄鹂。百啭无人能解，因风飞过蔷薇。

（宋·黄庭坚·清平乐）

春天回到了哪里？我们找不到她的行踪。要是有人知道春天的去处，那就唤她来一起同住吧。没有人知道春天的行踪，除非去问黄鹂。黄鹂百啭千声，没有人能明白它的意思，看吧，黄鹂又伴着微风飞过了盛开的蔷薇。这一首感叹春光易逝的小词出自北宋文学家黄庭坚之手。黄庭坚，字鲁直，号山谷道人，北宋著名文学家、书法家，苏门四学士之一。说到黄庭坚，我们不得不提到文学史上一个重要的诗歌流派：江西诗派。

最早提出江西诗派这个概念是在宋徽

宗时期吕本中的《江西诗社宗派图》中，把以黄庭坚、陈师道、陈与义为首的一干诗人划分为江西诗派。这里所谓的江西，并不是我们今天说的江西省，而是一个区位概念，指宋朝的江南西路。路是宋朝的地方行政区划，从秦汉的郡县时代到唐宋的道路时代再到元明清的行省时代，中国地方行政区划一直在演进。黄庭坚是江西人，所以他周围的师友学生也大多聚拢于江南西路，诗派以杜甫为宗，他们崇尚杜甫诗歌中的现实主义风格，尊杜甫为"祖"，一黄二陈为"宗"，这个诗歌流派中最突出的创作特点就是讲究"点铁成金""脱胎换骨"，擅长使用典故、化用经典诗句，通过对经典的再加工创作出更为经典的诗句，即他们所提倡的"无一字无来处"。我们以黄庭坚的《寄黄几复》为例来看：

我居北海君南海，寄雁传书谢不能。桃李春风一杯酒，江湖夜雨十年灯。

持家但有四立壁，治病不蕲三折肱。想见读书头已白，隔溪猿哭瘴溪藤。

这首诗是黄庭坚写给自己的朋友，时任广州四会县令黄几复的，首联中"我居北海君南海"，便化用了《左传·僖公四年》："君处北海，寡人处南海，惟是风马牛不相及也。"这一句想要表达的是作者与黄几复分隔很远，以至于要鸿雁传书都不可能。颔联是对往昔的回忆：想当年我们一起沐浴春风，观赏桃李，畅饮美酒，在不知不觉中已经过去了十年，我会在下雨的夜晚时常想起你。尽管你辛勤持家，但依然还是十分困窘，家徒四壁。黄庭坚想要说的是黄几复的清正廉洁，这一句化用的是司马相如的典故。传闻卓文君夜奔相如，到了司马相如家后，"家徒四壁立"，除了四周的墙几乎没有别的东西。古人有"三折肱而成良医"的说法，肱就是从肩膀到胳膊肘这一部分，类似于我们今天说的久病成医，黄庭坚的意思是希望黄几复不必经过一次又一次的磨炼就能成为治国之才。想你坚守清贫发愤读书，如今已是满头白发，在那隔着充满瘴气的山溪，猿猴哀鸣攀缘深林里的青藤。从这首诗来看，其中用典的绵密程度远远超过其他诗人的作品，这也就是江西诗派所独有的创作特点。

　　黄庭坚是江西诗派的领袖，所以他的诗以典故著称，颇能体现江西诗派的风格。他的词则体现了词作的轻快流转，饱含了许多自然旨趣，读来没有那么艰深古奥。

　　瑶草一何碧，春入武陵溪。溪上桃花无数，枝上有黄鹂。我欲穿花寻路，直入白云深处，浩气展虹霓。只恐花深里，红露湿人衣。

　　坐玉石，敧玉枕。拂金徽。谪仙何处，无人伴我白螺杯。我为灵芝仙草，不为朱唇丹脸，长啸亦何为。醉舞下山去，明月逐人归。

(宋·黄庭坚·水调歌头)

对比《寄黄几复》这首诗，我们来看《水调歌头》这首词，从"瑶草一何碧"到"春入武陵溪"，再到"溪上桃花无数，枝上有黄鹂"，一路走一路写，词的每句就像是电影镜头，读黄庭坚的词，如赏山花美景，令人流连忘返。而伴随着山景风光，这也是词和诗的不同之处，诗可以有艰深的典故，词应该轻灵婉转，带有韵外之致。"谪仙何处，无人伴我白螺杯""明月逐人归"这些词句又能让我们从风景笑傲中体会出一丝作者的生活态度和理想所在。黄庭坚所任的官职都是知州一类，没有做过特别大的官，在吉州太和令任上时，黄庭坚作的《登快阁》也是较为知名的一篇，同样是用典绵密。黄庭坚能写诗善填词，所以为了更好地从黄庭坚身上品出诗和词的区别，我们一起来赏析这首诗：

痴儿了却公家事，快阁东西倚晚晴。落木千山天远大，澄江一道月分明。

朱弦已为佳人绝，青眼聊因美酒横。万里归船弄长笛，此心吾与白鸥盟。

黄庭坚以"痴儿"自比，说自己没有什么才能，当然这是一种自谦的说法。"痴儿"二字实际上化用了《晋书·傅咸传》中的典故。首联的意思是我干完了公事来到快阁，在夕阳余晖中凭栏远眺，欣赏美景。黄庭坚看到了什么呢？落叶飘零、群山无数，天地显得如此广阔，澄江因为月光的照耀而更加空明澄澈。颈联说因为佳人知音不在，我没有了抚弄朱琴的兴趣，只能用美酒来消解内心的忧愁了。这两句再次用典，首先"朱弦"化用的是伯牙与子期的典故。伯牙与子期是知音，伯牙琴声中所包含的情感都能为子期察觉体会到，子期死后，伯牙摔了自己的琴，因为没有知音，伯牙就不再弹琴，这种境界也许我们很多人都做不到，所以伯牙与子期的友情也被人们千古传诵。后一句"青眼"则是化用了东晋名士阮籍的故事，传说阮籍的眼睛能作青白两种颜色，当遇见凡夫俗子的时候，阮籍则用"白眼"看待，若是遇到风流名士、有才能的人，就用"青眼"来看待，今天有个成语"青眼有加"或者说"青眼相加"，用以表示对人的喜欢、尊重或者重视，渊源就来自于阮籍"青白眼"的典故。最后尾联：我乘着船从远方归来，在船上吹起长笛，我的心已和白鸥成为朋友。我们再从整体上对这首诗加以赏析，对于写景和抒情，作者将其自然融合，其中又自然穿插着典故，要做到这样，非要是对各种文献典故有充分的了解，才能有如此"脱胎换骨""点铁成金"的效果。

当然，大家还是要从黄庭坚的词作入手对比他的诗，在词的赏鉴中，走进词作背后的文化，去收获中华自古而来的雅致。当然，黄庭坚已去千载，他的词究竟旨归何处，他又有何种寄托，大概只有他的词能回答了：

春无踪迹谁知。除非问取黄鹂。百啭无人能解，因风飞过蔷薇。

秦观：自在飞花轻似梦

纤云弄巧，飞星传恨，银汉迢迢暗度。金风玉露一相逢，便胜却人间无数。

柔情似水，佳期如梦，忍顾鹊桥归路。两情若是久长时，又岂在朝朝暮暮。

（宋·秦观·鹊桥仙）

牛郎织女的故事是我国人尽皆知的爱情故事，民间的传说非常多，古诗词中也经常会有所提及。秦观的这首《鹊桥仙·纤云弄巧》便是以牛郎织女的爱情故事为依托，表达人间悲欢离合，讴歌美好爱情的词作。"金风玉露一相逢，便胜却人间无数"将爱情的圣洁与相爱之人对美好爱情的向往淋漓尽致地表现了出来。而结句"两情若是久长时，又岂在朝朝暮暮"则是对"同心而离居"的恋人不得不分别时的宽慰，这其中的无奈只有感情真挚、饱受别离之苦的相思人才能体会得到。

从秦观的这首词，我们自然联想到中国的一个传统节日——七夕节，我们都知道西方有情人节，现在越来越多的人把七夕也就是农历的七月初七这一天称作中国的情人节，其实七夕节又名乞巧节。什么是乞巧呢？顾名思义，就是祈求自己有一双灵巧的手。这个节日最早源于汉代，主要是年轻的女子来参与。在古代，一个家庭中缝缝补补、裁制新衣这些工作都需要一个巧手的女人来做，所以人们很重视女子做女红这项技能。到了七月初七这一天的晚上，姑娘们会在月下穿针引线，祈求自己能有一双灵巧的手。她们也会举行各种比赛，来彰显自己的女红技术是多么娴熟，通过比较各自的手工作品，来评判姑娘们的手工技艺。这是七夕节最初的内涵。再来说牛郎和织女，传说织女私逃下界犯了天规被王母带回天庭，牛郎带着两个孩子前去追寻，王母拔下银簪画出一条银河阻断了牛郎的去路，幸好一群喜鹊飞来为他们搭起鹊桥，牛郎和织女才得以短暂相聚。王母最终也为二人的感情所动容，允许牛郎和织女在每年的七月初七见一次面。对于恋人来说，一年只能见一次面实在是一件残忍的事，倘若牛郎织女的故事中有值得我们现代人歌颂的地方，我想应该是对爱情的忠贞和坚守，恐怕人们今天不会再谈一场一年只能见一次面的恋爱了吧？

再来说秦观。秦观是苏门四学士之一，但是他和苏轼的词作风格是大相径庭的。苏轼词以豪放著称，而秦观则是婉约派词人的代表，上文中提到的《鹊桥仙·纤云弄巧》的情感表达是十分细腻深情的，在秦观的其他词作中，我们还可以看到相同的风格特征：

漠漠轻寒上小楼，晓阴无赖似穷秋。淡烟流水画屏幽。
自在飞花轻似梦，无边丝雨细如愁。宝帘闲挂小银钩。

这首《浣溪沙·漠漠轻寒上小楼》也是同样的柔婉，其中"自在飞花轻似梦，无边丝雨细如愁"一句堪称经典。梦境原本是虚无缥缈的，可在秦观笔下，透过那坠落的落花的轻盈，我们仿佛看到了梦境的缥缈；淅淅沥沥的雨丝像春愁一样绵密。善于抓住生活中细微之物的特点，并将其恰如其分地引入诗词中，这应该是婉约派词人共同的创作特点。秦观能作为婉约派词人的代表，足以说明他的词在婉约风格的塑造上还是颇具影响力的。

也许是秦观的词风一贯婉约，金代元好问在《论诗三十首》中这样评价秦观：

有情芍药含春泪，无力蔷薇卧晚枝。
拈出退之山石句，始知渠是女郎诗。

（金·元好问·论诗三十首）

在元好问对秦观的评论中，似乎有一种讽刺的味道，大概是因为元好问认为秦观作为男子不应该只写这么柔情蜜意的诗句,他将秦观与韩愈做对比,相比之下,韩愈诗中多有生僻晦涩和大气磅礴的词语,所以元好问认为韩愈的创作风格才更值得提倡。其实,正是秦观的女郎诗让他的词作在宋词中独树一帜,被看成蜜意柔情的典范,取得了成功。我们站在文学发展的角度来说,不论是何种风格的诗词,它们都丰满了我国古代文学的文学体式,通过不同风格的比较,也使得我们对诗词这种特殊的文体有了更为立体的认知,所以说无论豪放还是婉约,它们都有自己的可取之处,无所谓优劣。这也是中华诗意之下词风的兼容并蓄和百家争鸣。

晁补之 张耒：别离滋味浓于酒

问春何苦匆匆，带风伴雨如驰骤。幽葩细萼，小园低槛，壅培未就。吹尽繁红，占春长久，不如垂柳。算春长不老，人愁春老，愁只是、人间有。

春恨十常八九，忍轻辜、芳醪经口。那知自是，桃花结子，不因春瘦。世上功名，老来风味，春归时候。纵樽前痛饮，狂歌似旧，情难依旧。

（宋·晁补之·水龙吟）

问春天为何如此匆匆，伴着风雨好似骏马的驰骋。柔嫩细弱的花朵长在小园低矮的栅栏边，土还没有培好，繁花就已经被吹落了，花朵盛开在春日里占的时间，远不如垂柳。说起来春天是不会老去的，只有人在担忧春天会老去，而且这种忧愁只有人间才有。因春天易逝而生发的感慨占了十之八九，怎能因此而辜负了时光不去痛饮美酒呢？要知道桃花开落并不是因为春天，世上的功名利禄到老了再去看就像是暮春时节，并不是最美艳的。纵使还能像之前那样举杯痛饮、狂歌依旧，但人的心情却不会再像之前那样。这一首惜春的词出自宋朝词人晁补之的笔下。晁补之，字无咎，号归来子，我们了解晁补之更多的是因为他与秦观、黄庭坚、张耒三人共称为"苏门四学士"。这四个人之所以被称为"苏门四学士"，是因为他们四个都是苏轼的门生，受到过苏轼的重视与奖掖，但并不说明这四个人与苏轼在创作风格上是一脉同源的。我们都知道苏轼是豪放派的词人代表，而四学士中的秦观就是典型的婉约派词人，他们的文风迥然不同，包括晁补之和张耒，他们的创作风格与苏轼也是有很大差异的。我们对黄庭坚和秦观已经做了介绍，这一节将走近晁补之和张耒，这二位并称为"晁张"，在诗词创作风格方面有一定的相似性。

先来说晁补之。开篇介绍的《水龙吟·次歆林圣予惜春》虽为惜春之作，但与其他诗人的感时伤怀不同，晁补之的这首词中除了在慨叹春天的流逝之外，还融入对人生的思考，这就会使整首词一下子显得富有哲理，把词的意境也上升到了一个更高的层次。再从风格特点来看这首词，整体上来说词风是清新自然的，没有用到深奥的典故，就是借自然之物抒发人生的感慨，语言清新流畅，这一点有些像陶渊明或者柳宗元的风格，不矫揉造作，不无病呻吟。

再来说张耒。张耒,字文潜,号柯山,人称宛丘先生、张右史。张耒在仕途上因苏轼的原因也是沉沉浮浮,屡遭贬谪,他一生所做的也都是一些小官,我们熟知张耒并不是因为他在政治上多么有成就,而是他的诗文清新别致,独具一格。来看一首他的代表作《秋蕊香·帘幕疏疏风透》:

帘幕疏疏风透。一线香飘金兽。朱阑倚遍黄昏后。廊上月华如昼。

别离滋味浓于酒。著人瘦。此情不及墙东柳。春色年年如旧。

风从帘幕的缝隙中吹进屋内,香炉中的一缕香烟随之袅袅飘动。在黄昏后,将院中的朱阑倚遍。到了夜晚,小廊上的月光皎洁,让黑夜如同白昼一样明亮。别离的滋味比酒还要浓烈,还会让人消瘦憔悴。墙边的柳树到了春天还会生发出新叶,与往年并没有什么不同,但是由别离生发的忧愁感会随着时间的增长而更加浓郁。全词塑造的是一个饱受别离之苦的女子形象,她带着对离人的思念从黄昏盼到夜晚,在日复一日的等待中苍老了心情、憔悴了容颜,"思君令人老,游子不顾返"。看着墙边的柳树年年生发新叶,生机盎然,与这位等待的女子形成了对比。无情的柳树尚能年年沐浴春风,而有情的女子却无法得到爱情的滋润,实在让人扼腕叹息。

张耒的诗中最著名的应该是那首《初见嵩山》：

年来鞍马困尘埃，赖有青山豁我怀。
日暮北风吹雨去，数峰清瘦出云来。

多少年来鞍马劳顿于尘世中困惑，幸好有青山使我的胸怀豁达。傍晚时分一阵北风将云雨吹走，几座清瘦的山峰一下子就在云后出来了。这首诗名叫作《初见嵩山》，一个"初"字说明作者只是远远地望见嵩山，就是这么远远地望，嵩山竟然给了作者一种惊喜感，嵩山是"清瘦"的，还矗立于云端，这是一幅多么令人心旷神怡的画面。

比较来看，晁补之与张耒的词作风格还是颇为相似的，首先语言上是平实流畅的，感情上是质朴自然的，整体给人清新婉约的感觉。苏门四学士的风格各有不同，大家可以多从作品中体悟他们的风格特点。

贺铸：彩笔新题断肠句

凌波不过横塘路，但目送、芳尘去。锦瑟华年谁与度？月桥花院，琐窗朱户，只有春知处。

飞云冉冉蘅皋暮，彩笔新题断肠句。试问闲愁都几许？一川烟草，满城风絮，梅子黄时雨。

（宋·贺铸·青玉案）

"愁"是诗词中常见的情感意象，在古代人们心中有"愁"时往往通过写诗作词来排遣，这就好像今天人们习惯发朋友圈一样，都是用以抒发感情的一种途径。"愁"也有很多种，有"乡愁""离愁""忧愁""家国之愁""相思之愁"，我们熟悉的关于"愁"的诗词句有很多，比如"举杯消愁愁更愁""薄雾浓云愁永昼""这次第，怎一个愁字了得"，在众多写"愁"的诗词中，要说最为贴切与形象的，应该是贺铸的那句"试问闲愁都几许？一川烟草，满城风絮，梅子黄时雨"了。

贺铸，字方回，号庆湖遗老，也称贺鬼头、贺梅子。贺鬼头这个外号听起来似乎不是那么雅致，之所以有这么一个外号，是因为贺铸本人的相貌实在是不上数，甚至可以说是一个"丑男"，以至于大家都叫他鬼头。无论在哪个年代，一个人才能的高低与其相貌的好坏是没有直接关系的，不是说长得好看的人都才高八斗，长得难看的人都大字不识，一个人能够留名后世，往往凭借的还是他的才能而不是样貌，外在的表象会因时间而变化甚至消失，而内在的积淀则会因时间的锤炼而更显丰厚。联系到如今的娱乐圈，有很多流量小生凭借着姣好的面容横空出世，红极一时。这些小生自身腹内草莽，经纪公司通过买头条等各种手段为他们打造各种人设，一时间风光无比，但是这些都是经不住时间考验的，一旦失去流量，他们就会被更年轻的小生"拍在沙滩上"。所以说无论从事什么行业，说到底拼的还是文化底蕴。贺铸尽管相貌不佳，但我们却能记住他，靠的就是他的一篇篇作品，首先来看他最著名的《青玉案·凌波不过横塘路》。

这首词是贺铸退居苏州时偶遇一曼妙女子而心生爱怜之作：凌波不过横塘路，是说女子步态轻盈，没有越过横塘路。凌波一词常常用来形容女子步态轻盈，最早在曹植《洛神赋》中用"凌波微步，罗袜生尘"来形容洛神；黄庭坚也写到过"凌波仙子生尘袜,水上轻盈步微月"。贺铸没能等到女子走近,只能用目光送她像芳尘一样远去。正是在最美好的青春年华,不知道什么人能与她一起欢度?可能会是月台,抑或是花榭,又或是雕饰的窗和紧闭的朱户,也只有春天才会知道她的居处。飘飞的云彩舒卷自如,芳草岸旁的日色将暮,拿起笔写下新作的让人断肠的诗句。要是问闲情愁绪有多少,就好像江边如烟的野草,满城随风飘落的柳絮,梅子刚刚成熟时的黄梅雨吧。我们可以想一下,一条大江,它岸边的野草会有多少?春天漫天飞舞的柳絮有多少?江南梅雨季节时,黄梅雨一下就是好多天,那细密的雨丝又有多少?这三个意象的选取可谓极具代表性,一下将愁绪绵密的特点表现了出来,所以说意象在整个诗词创作中起着画龙点睛的重要作用,恰当形象的意象选取会让整首诗词在意境上增色不少。贺铸也因这首词有了"贺梅子"的称号。贺铸的仕途不算顺利,所任不过都是些闲职,在五十多岁时闲居苏州近三年,在这期间与他相濡以沫的妻子逝世,后贺铸重游苏州,作了一首《鹧鸪天·重过阊门万事非》以怀念亡妻,贺铸的这首悼亡诗与苏轼的《江城子·十年生死两茫茫》、元稹的《遣悲怀》堪称悼亡诗的典范之作。

　　重过阊门万事非。同来何事不同归。梧桐半死清霜后,头白鸳鸯失伴飞。

原上草，露初晞。旧栖新垅两依依。空床卧听南窗雨，谁复挑灯夜补衣。

阊门是苏州城的西门，这里代指苏州。贺铸重游苏州，深感物是人非，当年妻子与自己一起来苏州，现在却不能与妻子一起归去。自己像被霜打过的梧桐半生半死，像失去了伴侣的鸳鸯孤独寂寞。原上青草叶上的露珠刚刚被晒干，在昔日居住过的屋室与妻子的坟墓间徘徊。旧栖与新垅是物是人非的对比，也是贺铸与亡妻天人两隔的无奈。一个人躺在空空荡荡的床上听着窗外淅淅沥沥的雨声倍感凄凉，还会有谁在夜半挑灯为我缝补衣服呢？"空床卧听南窗雨"是生者的凄凉，"谁复挑灯夜补衣"是生者对逝者最深沉的怀念。

周邦彦：梦入芙蓉浦

风老莺雏，雨肥梅子，午阴嘉树清圆。地卑山近，衣润费炉烟。人静乌鸢自乐，小桥外、新绿溅溅。凭阑久，黄芦苦竹，拟泛九江船。

年年。如社燕，飘流瀚海，来寄修椽。且莫思身外，长近尊前。憔悴江南倦客，不堪听、急管繁弦。歌筵畔，先安簟枕，容我醉时眠。

（宋·周邦彦·满庭芳）

这首《满庭芳·夏日溧水无想山作》出自北宋词人周邦彦之手。周邦彦，字美成，号清真居士。他的文学成就在北宋很高，尤其是在作词这一方面有很高的地位，有"词中老杜"和"词中之冠"的美誉。从周邦彦所获得的这些称号来看，他的词在北宋也是首屈一指的。宋朝是词这一文学体裁发展最为辉煌的时期，大家要知道宋词不光是靠苏轼、辛弃疾、李清照这些人的词作构成的，但凡我们今天能在文学作品选上看到的名字，他们的词作质量都是相当高的。了解了这些，我们就一起来走近这位词学大家——周邦彦。

周邦彦的成名源自他的《汴都赋》，元丰六年，周邦彦将自己的大作，长达七千字的《汴都赋》进献给皇帝宋神宗。这篇赋主要是描写当时汴梁城中繁华富庶的景象。其实周邦彦的这篇赋类似于汉朝时的《二京赋》之类的长篇大赋，说白了就是在歌颂当时执政者的英明神武，国家的河清海晏、欣欣向荣，对于统治者来说，看到此类东西自然是高兴了。就是因为这篇《汴都赋》，周邦彦由太学诸生升为了太学正，有点类似于今天学校中的教导主任这个职务。这一时期可以说是周邦彦的事业上升期，我们熟悉的《苏幕遮·燎沉香》就是他在这一时期创作的：

燎沉香，消溽暑。鸟雀呼晴，侵晓窥檐语。叶上初阳干宿雨、水面清圆，一一风荷举。

故乡遥，何日去。家住吴门，久作长安旅。五月渔郎相忆否。小楫轻舟，梦入芙蓉浦。

焚烧沉香用以消解盛夏的暑气。鸟雀叽叽喳喳呼唤着晴天，晨晓时分我仿佛听到了它们在屋檐下窃窃私语。阳光出来晒干了荷叶上残留的昨夜的雨珠，一朵朵荷花亭亭玉立在水面之上盈盈地开着，荷叶也迎着晨风，在风中摇曳。故乡是遥远的，还不知道什么时候能够回去。我的家在江苏，而此时我却长住长安。五月时节，不知道我家乡的小伙伴们有没有想我。我乘着这一楫小舟，或许可以回到梦中的芙蓉浦吧。

这首词虽说是一首思乡之作，但和其他思乡作品相比，我们在这首词中看不到作者因思乡而生的哀怨、惆怅和感伤，他只是浅浅地提了一句自己家乡的朋友，为什么呢？周邦彦此时在汴京声名鹊起，仕途也有了一些发展，可以说他在汴京的生活是非常滋润的，而也只有在汴京他才能有机会实现自己的理想与抱负，所以说汴京是一个可以成就周邦彦的地方，他在这里没有吃苦受罪，对于家乡的思念自然不会像其他思乡诗人那样深切。

凭借神宗的赏识周邦彦原本是可以得到长足的发展的，可是天不遂人愿，不久后神宗去世，周邦彦也就被排挤出京了。出京以后的周邦彦先后去安徽庐州、江苏溧水等地出任地方官，文章一开始提到的《满庭芳·夏日溧水无想山作》就是周邦彦在溧水任知县时出游无想山所作。让我们一起来赏析一下这首词：

风使得雏鹰一天天长大，雨让梅子变得肥美，正午时分树荫变得十分圆整。这里地势较低又靠近山，周遭环境难免会潮湿。因为衣服潮湿所以总是要费些柴火来烘烤衣服。三三两两的人家静静地矗立着，空中时不时出现几只乌鸦自得其乐，不远处的小桥外，水正流得湍急。倚靠着栏杆，看着满目的黄芦苦竹，我竟想到了被贬谪在九江的白居易。上片最后一句化用了白居易的典故，白居易在他的《琵琶行》中这样描述自己被贬谪在九江时的居住环境："住近湓江地低湿，黄芦苦竹绕宅生"，这跟周邦彦在无想山看到的景色是颇为相似的。紧接着下片作者开始抒发自己的感慨：一年又一年，燕子飞越无垠的沙漠寄身于狭小的屋檐，我和燕子是何其相似呢？暂且不要去想那些身外之事了，还是安心于眼前的事吧。我就是一个沧桑憔悴的江南游子，实在不愿意去听那些急切、嘈杂的丝竹之声。只希望在歌筵畔安一个枕席，让我能够在醉酒后酣眠。

周邦彦：城上已三更

周邦彦除了写得一手好词以外，还精通音律，他的颜值也十分在线，这样一位多才多艺的美男子自然会受到不少女子的青睐。传闻，周邦彦甚至和当朝皇帝喜欢的女人李师师闹过绯闻。李师师是当时汴梁城中的名妓，连皇帝宋徽宗都钦慕她的姿色，而李师师又与才华横溢的周邦彦十分交好。宋徽宗、周邦彦、李师师，一个是皇帝，一个是才子，一个是佳人，他们之间又发生了怎样的故事呢？我们接着往下看。

话说，一日李师师约了周邦彦前来幽会，周邦彦刚来不久，不巧的是宋徽宗也来了。若是宋徽宗在李师师的房间里撞见了另一个男人岂不是尴尬？为了化解尴尬，李师师只好让周邦彦藏在了床底下。宋徽宗来看李师师时还给她带来了江南刚刚进贡的鲜橙，房间里李师师用自己纤细的双手拨开橙子给宋徽宗吃，还为其弹笙助兴，二人柔情蜜意一直待到了三更时分徽宗才起身要走。我想宋徽宗一定是悄悄从宫里出来的，因为皇帝每天去哪里干什么都是有严格记录的。皇帝要出宫，那就是大事，想必各种侍卫、宫女、随从都要安排起来，但宋徽宗晚上出来找李师师应该不会这么大张旗鼓。也许大家会有疑问：李师师究竟有多大的魅力能引得皇帝出宫来看她？对于野史传说，还是希望大家保持一个客观的态度，它未必都是真的，但也未必都是假的，因这些事在历史上已经无从考究，大家可以只把它当作一个好玩儿的故事来听，也可以试着从文献典籍中寻找更有力的证据来佐证。皇帝要走，李师师自然要挽留，见皇帝去意已决，李师师只好嘱咐道："已是三更天，霜重路滑，可要小心。"好不容易送走了皇帝，藏在床底下的周邦彦终于可以出来透透气了，宋徽宗和李师师二人说的话都被周邦彦"偷听"得一清二楚，就他们二人刚刚做的事和说的话，周邦彦作了一首《少年游·并刀如水》：

并刀如水，吴盐胜雪，纤手破新橙。锦幄初温，兽烟不断，相对坐调笙。低声问向谁行宿？城上已三更。马滑霜浓，不如休去，直是少人行。

周邦彦的这首词完整地将宋徽宗与李师师幽会的场景记录了下来，若是这首词只是周邦彦和李师师二人知道也没有什么，可偏偏在李师师和宋徽宗的一次约会中，李师师随口将这首词给说了出来，徽宗听后问是何人填的这首词，无奈，李师师只好承认是周邦彦所作。显然宋徽宗想到那晚自己和李师师幽会的事情被第三个人知道了，但不知道他有没有大胆地想到，当晚周邦彦竟然就藏在李师师的床下。后来周邦彦被贬出京城传说就是因为这件事情。这段周邦彦、宋徽宗、李师师的经典杂谈，在宋朝就被传得绘声绘色，这个故事也成了这首词的"本事"（词作所缘起的那个事就是"本事"）。千年之后我们还在津津乐道这个本事。抛开野史杂谈，我们也用不着去较真做什么史学家的考证，只要知道这首经典的《少年游》词作，字里行间蕴含着许多前尘往事就足够了。词中有着周邦彦的绝世才华，词外还有宋朝繁华的烟火生活。词短小精悍，寥寥数语，可以囊括千载，饱含韵外之致。当然，你要认为周邦彦只会写这些婉约的香艳小词那就小看这位宋词集大成者了，周邦彦的怀古名作《西河·大石金陵》，就有着豪放的词风和细密的典故，令人感慨人事有代谢，往来成古今。

佳丽地。南朝盛事谁记。山围故国绕清江，髻鬟对起。怒涛寂寞打孤城，风樯遥度天际。

断崖树，犹倒倚。莫愁艇子曾系。空余旧迹郁苍苍，雾沉半垒。夜深月过女墙来，伤心东望淮水。

酒旗戏鼓甚处市。想依稀、王谢邻里。燕子不知何世。入寻常、巷陌人家，相对如说兴亡，斜阳里。

（宋·周邦彦·西河·大石金陵）

这首大气磅礴的怀古词，檃栝刘禹锡《乌衣巷》，把简单的诗意扩展开来，用典自然，引人深思。从"佳丽地。南朝盛事谁记"到"怒涛寂寞打孤城"，到"伤心东望淮水"。全词句句说金陵，但又透出浓浓的故国之思。写这首词时，已经是北宋末期，国内危机四伏，北方金国又厉兵秣马准备南征。宋徽宗宣和二年，江南方腊起义，一时烽火燎原，周邦彦遭遇了这次变乱，流亡多地，动荡中，放眼兴盛不再的北宋，一句"南朝盛事谁记?"饱含了多少对家国兴亡的感慨和深深的无奈与追思。北宋最终的繁华也在靖康之变中烟消云散。周邦彦的这首词对国家前途做出了预测，北宋的"王谢堂前燕"，最终也会"飞入寻常百姓家"。

朱敦儒：我是清都山水郎

我是清都山水郎，天教分付与疏狂。曾批给雨支风券，累奏流云借月章。

诗万首，酒千觞，几曾着眼看侯王。玉楼金阙慵归去，且插梅花醉洛阳。

（宋·朱敦儒·鹧鸪天·西都作）

这首《鹧鸪天·西都作》的大意是说：我是天上负责掌管山水的神仙，是上天赐予我这般的狂放不羁。曾经我批过支配风雨的券令，也多次上奏要留住云彩，借走月亮。挥毫泼墨写下万首诗篇，千觞酒也不足以让我醉倒，王侯将相的富贵我何时会放在眼里？就算天宫里有玉楼金阙我也懒得去了，我只想头插梅花醉倒在洛阳城中。读这首词，我们不得不佩服作者的这番气概：王侯富贵不放在眼里，玉楼金阙没有半点吸引力。这些对于一般人来说望尘莫及的事情，作者却不屑一顾，这位如此狂放不羁的作者便是朱敦儒。朱敦儒,字希真,宋代著名词人,这个人在宋代以淡泊名利闻名,早年曾多次被朝廷征召却不去做官。试想今天,如果政府不止一次地邀请通知你去当公务员,你会不去吗?况且我们今天想当公务员还必须经过严格的选拔考试。朱敦儒就是这么一个霸气的人,你们想让我做官,我偏不去。拒绝了官场纷扰的朱敦儒常年隐居在洛阳的山山水水中,难怪他会有"玉楼金阙慵归去,且插梅花醉洛阳"的感慨。之后在其家人的极力劝说下,朱敦儒也尝试进入仕途,做过秘书省正字、提点刑狱司等,后来也很快就被弹劾了。虽说朱敦儒在政治上没有什么可圈可点的大作为,但是在文学创作上,他的词风清新雅丽,别具一格。我们来欣赏一首他的《好事近·渔父词》:

摇首出红尘,醒醉更无时节。活计绿蓑青笠,惯披霜冲雪。

晚来风定钓丝闲,上下是新月。千里水天一色,看孤鸿明灭。

悠然地踏出红尘,醒和醉都很随意,没有固定的时间。穿着绿色的蓑衣,带着青色的斗笠,习惯了披霜冒雪的日子。夜晚无风静静地坐在湖边垂钓,看到的是水天一色,湖中倒映着新月的影子,天地之间只有孤鸿若隐若现。这首词里很形象地刻画出一个渔夫的形象,其实这也是朱敦儒离开官场后的真实生活写照。只有忘却世事的烦扰,才能真正纵情于山水,享受山水中的自然之乐。朱敦儒之所以能写出如此清丽的小词,这跟他的生活状态与人生信念是分不开的。倘若一个人天天钻营身家富贵功名利禄,他是不可能有闲情逸致去走进大自然的;即便是走进大自然也不可能感悟到山水之美,乡野之乐。朱敦儒的词作风格特点在他的词中还是能够普遍体现的,我们再来看两首他的词:

日日深杯酒满,朝朝小圃花开。自歌自舞自开怀,无拘无束无碍。

青史几番春梦,黄泉多少奇才。不须计较与安排,领取而今现在。

这是朱敦儒写的《西江月·日日深杯酒满》,在词里作者写自己天天都把酒倒满深深的酒杯,日日在鲜花盛开的小园中醉倒。自己唱歌舞蹈,开怀大笑,无拘无束,了无挂碍。一生中能有几次美丽的春梦,多少仁人奇士都不免要归到黄泉。不需要天天计较得失,思量安排,把当下的日子过好就已经很不错了。不得不说朱敦儒的这首词还含有一丝人生哲理,正因为每个人都知道人是社会中的人,要承担种种难以推卸的责任,要检点自己的行为,所以想做到"无拘无束无碍"实在是很难。但是想开了人的一生不过是从生到死的一场单向旅程,未来是什么样子没有人知道,实在是不用费心思量,过去的已经过去再去追忆也没有什么太大的价值。"悟已往之不谏,知来者之可追",把握好现在当下的时光,便是对未来最好的准备与安排。

先生筇杖是生涯。挑月更担花。把住都无憎爱,放行总是烟霞。

飘然携去,旗亭问酒,萧寺寻茶。恰似黄鹂无定,不知飞到谁家。

这首《朝中措》是朱敦儒晚年时期的作品,我们常说"四十不惑",意思是说人到了四十岁的时候对这个世间已经没有什么感到疑惑的了。的确,经过几十年对人生的品味,人们往往会得出自己独特的人生感悟,并以此为人生信条支撑自己度过接下来的悠悠岁月。这个时期的朱敦儒可以说已经是一名出尘旷达的智者了,回首他的一生,曾携着竹杖四海为家,赏月看花,世间的风雅事全都体验过。逢人见事不再起憎爱之心,把自己的身心都交付大自然的山水云霞。行踪自得,飘然来去,有时在酒肆买酒,有时在寺庙中喝茶,就像一只黄鹂鸟,从来不知道它究竟会飞向谁家。此种悠然安闲、旷达脱俗的境界实在不是一般人所能效仿的。

赵佶：忍听羌笛，吹彻梅花

裁剪冰绡，轻叠数重，淡著胭脂匀注。新样靓妆，艳溢香融，羞杀蕊珠宫女。易得凋零，更多少、无情风雨。愁苦。闲院落凄凉，几番春暮。

凭寄离恨重重，这双燕，何曾会人言语。天遥地远，万水千山，知他故宫何处。怎不思量，除梦里、有时曾去。无据，和梦也新来不做。

（宋·赵佶·燕山亭·北行见杏花）

说到最会写诗词的帝王，李煜肯定算一个，除了李煜，宋朝的赵佶自然也是榜上有名的。赵佶就是宋徽宗，宋朝的第八个皇帝，徽宗是他的庙号，古代皇帝死后大臣们会根据他一生的作为来给他确定庙号。比如这个皇帝在位时比较贤良，那他的庙号会用"文""景"这样的字眼，如果这个皇帝在位时穷兵黩武，一般他的庙号就会用"武"这个字,所以说跟皇帝有关的任何事情都是有讲究的,不是随便拿个字就能给皇帝做庙号的。

我们在讲到李煜时提到过后人对李煜的评价是"做个词人真绝代,可怜薄命做君王",非常巧的是,后人对赵佶的评价与对李煜的评价是颇为相似的:"宋徽宗诸事皆能,独不能为君耳。"这听起来很像一个笑话,说这皇帝什么都能干好,就是当不好皇帝。赵佶确实没有做皇帝的头脑,但是在文艺方面他还是很有天分的,可以说他诗书画印样样精通,尤其是在书法方面独创了"瘦金体",这种书体被后人竞相效仿。要说做皇帝也并不是一件容易的事情,首先皇帝一定要有学识、有魄力、有胆识,其次皇帝还要有政治智慧,懂得用人之道、利弊权衡等等。纵观宋徽宗的一生,很显然他做皇帝的基本素养还是欠缺的。《水浒传》中描写了一伙以宋江为首的梁山好汉,因为当时朝廷的各种压迫和戕害最终聚义梁山,在被招安后为朝廷征战最后消亡的故事。虽然小说中有一定的虚构成分,但是历史上宋江确有其人,包括小说中写的方腊起义在历史上也都真实出现过。宋江与方腊都是宋徽宗时期的人,小说中的皇帝也就是宋徽宗,从这里大家应该能了解宋徽宗时期的社会情况是个什么样子了吧。

再来说一个令宋徽宗"出名"的事件——靖康之役。靖康之役北宋战败,战败的结果是宋朝失去了北方的大片领土和两个皇帝。被金人掳走的两个皇帝就是宋徽宗和他的儿子宋钦宗。一个国家的两位皇帝被敌人掳走这是多么耻辱的一件事情啊，可这样的事情偏偏发生在了宋徽宗的身上。宋徽宗和他儿子被带到金国的都城后，被要求穿着丧服去完颜阿骨打的庙宇祭祀，还被金朝封了个"昏德公"，而后又被带到了位于黑龙江的五国城囚禁。宋徽宗在金国一共被囚禁了九年，最终死在了五国城。其实宋徽宗的下场也挺悲惨，本是最为尊贵的一朝天子，到后来背着"昏德"的名号沦为阶下囚，实在是屈辱。

开篇给大家介绍的那首《燕山亭·北行见杏花》就是宋徽宗被押往金国途中见杏花有感而作：将白色的丝绸剪好，轻轻地叠成数层，用胭脂将它们淡淡地涂抹均匀。在这里作者是把杏花看成了洁白的绸缎。时髦的漂亮衣服，艳丽的色彩中又充盈着浓浓的香气，简直羞煞了天上的仙女。这几句又将杏花比作了美人。可惜啊，无情的风雨总是把它们吹落。面对愁苦的情景，在这凄凉的院落，不知还要经受几番春暮。凭谁能寄走我重重的离愁别恨呢？双飞的燕子哪里懂得人间的愁苦。天遥地远，万水千山，怎么知道如今的故园在哪里呢？就是在梦里也是偶尔才会回到故国，无所依凭，连梦也难做成。由一株杏花，引发了赵佶对家国沦丧的悲伤之感，这首词情真意切，让我们看到了一个被俘虏后的皇帝对家国的怀念。杏花美丽却易飘零，经历过风雨洗礼的杏花终会遁入混浊的泥土。杏花的遭遇像极了赵佶本人，当皇帝时傲然独立，沦为俘虏后被人肆意践踏，相信赵佶在可怜杏花命运的同时也在感叹自己不幸的际遇。下片作者则将自己浓重的离愁发泄出来，此番北去，赵佶当然不知道何时才能回到故园，或许他都已经揣测到自己可能再也回不去了。客观地说尽管赵佶这个皇帝当得不怎么样，但毕竟他也做了二十多年的皇帝，就算再无能，相信他对自己的国土自己的子民还是有感情的。这首词的感情基调是悲怆凄凉的，可以说字字滴血，好似断肠之音。

玉京曾忆昔繁华。万里帝王家。琼林玉殿，朝喧弦管，暮列笙琶。
花城人去今萧索，春梦绕胡沙。家山何处，忍听羌笛，吹彻梅花。

这首《眼儿媚·玉京曾忆昔繁华》同样是赵佶在北上期间做的词，感情基调和《燕山亭·北行见杏花》基本一致。回忆汴京当年的繁华，万里河山都是帝王家的。奢华的宫殿园林，弦管笙琶的声音日夜不断。如今的汴京人去楼空萧索凄凉，此刻的我虽然身处胡地但经常在梦中梦到繁华的汴京。家乡在何处，实在不忍心听到羌笛吹让人心痛的《梅花落》啊。今昔对比中将词人境遇的转变体现出来，自己如今是亡国之君，心里想的是亡国之痛与故国之思，赵佶这种复杂的感情在词作中表现得韵味悠长，真实可感。

李清照：红藕香残玉簟秋

卖花担上。买得一枝春欲放。泪染轻匀。犹带彤霞晓露痕。

怕郎猜道。奴面不如花面好。云鬓斜簪。徒要教郎比并看。

（宋·李清照·减字木兰花）

作这首词时，李清照与丈夫赵明诚新婚宴尔，词人选取了他们日常生活中买花这么一个片段，写出了他们夫妻生活琴瑟和谐的美好。词的大意是说：在卖花担上，买了一枝含苞待放的花，这花的颜色好似是天边霞光照耀下云朵的颜色，花上还带着露水。怕丈夫看到这枝花后会觉得我没有这朵花漂亮，所以我将它斜插到我的鬓边，非要让他看一看到底是哪个更漂亮。从这首词里我们可以看到李清照的天真可爱，放纵恣意。我们常说"士为知己者死，女为悦己者容"，女子能遇到一位欣赏自己的人，实属不易。那李清照这样一位才女，她的爱情故事又是如何呢？我们今天来讲一讲李清照的爱情。

我们都知道李清照是才女且家境良好，她的父亲李格非是朝廷中的礼部员外郎。古代的婚姻又格外讲究门当户对，所以李清照的配偶也应该是一位达官贵人家的公子，事实证明也确实如此。李清照的丈夫是左仆射赵挺之的儿子赵明诚，两家都是朝廷命官，这样的联姻实属般配，李清照的早期婚姻生活也是极为幸福美满的。我们平常说的"赌书泼茶"这个典故就是从李清照夫妇的生活中来的。所谓"赌书泼茶"，就是二人用一句话来打赌，一人问一个典故或者一句话应该出自哪本书的哪一页，一人回答，若是答上来了，就可以先喝茶，若是答不上则要后喝茶。李清照夫妻二人都出身于书香门第，自小接受着良好的教育，家中藏书又多，正因为这些，他们才有赌书泼茶的条件。所以说实话，这种游戏一般家庭是玩不了的，非得是有大学识的人家才有玩这个游戏的资本。李清照聪慧，玩这个游戏想必是小菜一碟，二人玩到兴致大涨，往往会将茶水撒到衣服上。这一段佳话一直被后人传颂。从古至今美好的爱情都是被人们称赞的，尤其是在婚姻生活中，爱情的维持需要夫妻二人有着共同的人生信仰，相濡以沫的默契以及不离不弃的坚定信念。喜读书、爱好古玩这些都是李清照夫妻二人的共同点。《减字木兰花》选取了李清照生活中的一个片段来展现她爱情生活的美好，可爱情并不都是两人朝朝暮暮厮守时的甜蜜，在面对生活中不可避免的分别时，甜蜜中自然会掺杂进一丝酸涩。我们来看李清照的《一剪梅》：

红藕香残玉簟秋，轻解罗裳，独上兰舟。云中谁寄锦书来？雁字回时，月满西楼。

花自飘零水自流，一种相思，两处闲愁。此情无计可消除，才下眉头，却上心头。

荷花凋尽，香气消散，秋天的竹席显得格外清凉，词人轻轻脱下外裳，独自登上兰舟。白云舒卷处谁会将锦书寄来呢？大雁回来时，月光洒满西楼。花朵兀自飘零随水流去，一种相思会让两个人都心生闲愁。这种情思是无法消除的，刚刚舒展了眉头却又萦绕上心头。这是新婚不久的李清照在与赵明诚短暂分离后所作的词，将李清照对赵明诚的思念淋漓尽致地表达了出来。"锦书"本是妻子写给丈夫的书信，这里李清照反其意而用之，意在希望自己能收到丈夫寄来的书信。虽然被相思之苦牵绊，但对于李清照来说，丈夫能早日归来守护在自己身边，相思再苦也是值得的。

往往，个人的命运和国家的命运是息息相关的，国家繁荣昌盛百姓自然能够安居乐业，若是国家战火频仍，百姓的生活自然会处在水深火热之中，饱尝颠沛流离之苦。李清照的一生经历了从北宋到南宋的更迭，国家与社会动荡不安，李清照的爱情亦随之动荡。

李清照：梧桐更兼细雨

寻寻觅觅，冷冷清清，凄凄惨惨戚戚。乍暖还寒时候，最难将息。三杯两盏淡酒，怎敌他、晚来风急！雁过也，正伤心，却是旧时相识。

满地黄花堆积，憔悴损，如今有谁堪摘？守着窗儿，独自怎生得黑！梧桐更兼细雨，到黄昏、点点滴滴。这次第，怎一个愁字了得！

（宋·李清照·声声慢）

李清照的这首《声声慢》与《减字木兰花·卖花担上》相比风格截然不同，读起来让人感觉忧郁、凄惨，词作风格是受词人生活境况与社会环境的影响的，那为何李清照的词风会有如此大的变化呢？这便需要我们知人论世，站在一定的社会视角和时代高度上来思考这个问题。

靖康二年，李清照已是四十多岁，金

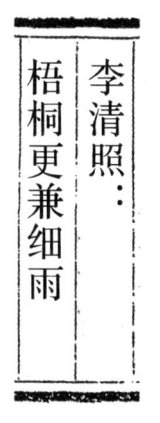

人的大肆南侵使中原的大片领土被占领，更可笑的是，宋朝的两代皇帝宋徽宗和宋钦宗都被金人掳走了。时局动荡，北方不再适合生活，避乱的人们也都随着皇室一起南迁了。李清照一家自然也在南迁之列。前文说到，李清照家中藏书极多，素日里又爱收藏金石古玩，和平之日里的这些点缀风雅之物此时成了南迁路上的负担。据记载，李清照南迁时整理出的书籍器物足足有十五车。在不安定的年代里，人尚且还不能求得周全，更何况是这些身外之物？让李清照一个弱女子押送这么多的书籍器物去南方谈何容易？也许有人会问，赵明诚没有和李清照一起南迁吗？是的，此时的赵明诚因为要奔母丧已经率先去了金陵，出任江宁知府。

不知究竟是何原因，赵明诚走的时候没有带上李清照，以致李清照只能孤身一人南迁，不知经历了多少困难，李清照终于在江宁与赵明诚得以相聚。但安稳的日子并没有持续太久，建炎三年二月，御营统治官王亦叛乱，虽有下属提前向赵明诚反映这一情况，但赵明诚并没有将此事放在心上，幸好他的手下提前防备，王亦叛乱才很快得以平息。当他的属下准备将叛乱平定的事禀告给赵明诚时，才发现赵明诚已经利用绳子跳城墙逃跑了。很快赵明诚便因为失职被朝廷罢了官。对于赵明诚弃城而逃的这种做法，李清照感觉很是羞愧，作为一个仕人怎能做出这种临阵脱逃的事来？这件事让李清照对赵明诚的态度有了很大的改变,他们夫妻二人也不再像当初那样鱼水和谐。这之后不久,赵明诚病逝了,这对李清照来说无疑又是一个沉重的打击,这一年,李清照四十六岁。

生活还要继续,经历过一段漂泊无依的日子后,李清照又遇到了生命中的另一个重要人物,张汝舟。李清照作为一个才女,仰慕她的人自然很多,张汝舟便是其中一个,后李清照被其吸引,二人结为连理。但李清照万万没有想到,张汝舟看上的并不是她的"才气",而是"财气"。李清照有许多珍奇的古玩,这些都成了张汝舟觊觎的对象,此外张汝舟作为官员竟然还有着贪赃枉法的行为。在发现了张汝舟的真面目后,李清照果断要求与张汝舟离婚。我们今天的社会中,结婚自愿离婚自由,离婚不会被人指指点点,可是在古代却不行。李清照在赵明诚死后没有为其守丧而是改嫁就已经是有悖伦理了,在改嫁之后再提离婚就更是破天荒的事情,更何况古代根本就没有女子主动提出离婚的,因为离开了夫家,大部分的女子没有劳动能力,便丧失了生活的依靠。所以我们只听过被夫家休了,又遭娘家嫌弃走投无路的女子,却极少听说过主动要和丈夫离婚的女子,李清照就是这么一个刚毅勇敢的人。要摆脱张汝舟谈何容易,尽管李清照已经掌握了张汝舟贪赃枉法的证据,但是根据宋律,妻子控告丈夫即使证据确凿,妻子也要入狱两年,即便如此,李清照还是选择了检举张汝舟,结果可想而知,李清照和张汝舟二人双双入狱。幸好有翰林学士綦崇礼等亲友的大力营救，李清照仅仅坐牢九天就被放了出来，至此，李清照成功与张汝舟离异。

《声声慢》开篇用了连续几个叠词"寻寻觅觅，冷冷清清，凄凄惨惨戚戚"。想问一问大家，李清照在寻觅什么呢？我想应该是过往的幸福生活吧。早年间的李清照驾一叶扁舟，误入藕花深处，惊起一滩鸥鹭；如今的李清照，经历了亡国之恨，丧夫之哀，孀居之苦，就像西风中摇曳的黄花，憔悴凄楚，又如双溪中的舴艋舟，载不动，许多愁。

吴激：残月照吟鞭

南朝千古伤心事，犹唱后庭花。旧时王谢，堂前燕子，飞向谁家？

恍然一梦，仙肌胜雪，宫髻堆鸦。江州司马，青衫泪湿，同是天涯。

（金·吴激·人月圆·宴北人张侍御家有感）

从这首词的题目看，这首《人月圆·宴北人张侍御家有感》应该是作者吴激在一场宴会之后的有感而发，那么这场宴会上发生了什么事能够让词人如此感慨呢？我们一起来了解一下这首词的写作背景。

这首词的作者是吴激，宋金时期词人。他是北宋宰相吴栻的儿子，也是著名书法家米芾的女婿，吴激在诗文书画方面都有不错的成就。钦宗年间，吴激奉命出使金国，金人听说过吴激的声名故意扣住了吴激不让他再回到宋朝来。之后金又攻破了东京，也就是靖康之难后，北宋就灭

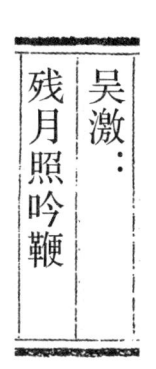

亡了，被扣在金国的吴激直接就当了金国的官，没有再回到宋朝来。在这里再说一下当时的政治局面，靖康之难后以康王赵构为首的宋朝王室残存势力南迁逃命，最终赵构在临安，也就是杭州称帝，就是后来的宋高宗，至此南宋与侵吞了北方大片领土的由女真人建立的金国并存于中华大地上。除了吴激之外，同时代的很多仕人也都倒戈做了金朝的官，或许他们有出于对宋室朝廷的无奈，或许他们不愿意离开自己管辖的地域，总之这样由宋入金的仕人并不是罕见的。再回到这首词中来，这首词是吴激与朋友们去张侍御家参加宴会时，发现一位歌女原本也是宋朝宗室之后，没想到在金朝沦落成了一位歌妓。知道了这位歌女的遭遇，吴激有感而发作了这首《人月圆·宴北人张侍御家有感》。北宋历经千古如今也成了伤心地。词中虽说的是南朝但要明白作者并不是想感叹南朝的际遇，而是以南朝代北宋，当文人们有时不好对当下的时局或者统治者直接作出评判时会常用这种代指的手法，比如白居易《长恨歌》中"汉皇重色思倾国"便是以汉代唐的说法。北宋成了伤心地还在唱着那首《后庭花》。《后庭花》是一个典故，这首歌曲本名为《玉树后庭花》，是陈叔宝所作，歌词奢靡艳丽。当隋军攻入陈朝后宫时陈叔宝与他的宠妃们还在听着这首歌，于是这首歌被后人认为是亡国之音。杜牧的《泊秦淮》中写道："商女不知亡国恨，隔江犹唱后庭花。""旧时王谢，堂前燕子，飞向谁家？"很明显化用了刘禹锡《乌衣巷》中的"旧时王谢堂前燕,飞入寻常百姓家"。吴激化用这两句诗是想表达物是人非之感。"恍然一梦,仙肌胜雪,宫髻堆鸦",在金国这个地方竟然能看到故国之人,这感觉就好像做梦一样。这位歌女皮肤洁白胜雪,她发髻的样式还和之前在宋朝时的一样。最后几句作者又化用了白居易《琵琶行》中的句子"同是天涯沦落人,相逢何必曾相识""座中泣下谁最多,江州司马青衫湿"。见到了和自己身世经历相似的歌女,吴激不自觉生发出"同是天涯沦落人"的感慨。作者这里对歌妓外貌的描写不单单是想告诉大家这个歌妓有多美丽,更是因为这个歌妓勾起了吴激对往日故国的回忆和怀念,尽管现在的吴激是金朝的官了,但是我想吴激并不会因为这点功名利禄就忘却了自己的故国。

吴激有"金初词坛盟主"的称号,元好问更是称赞吴激为"国朝第一作手",从这两个"荣誉称号"来看,吴激的词作水平一定是很高的,我们再来看一首他的《诉衷情·夜寒茅店不成眠》:

夜寒茅店不成眠,残月照吟鞭。黄花细雨时候,催上渡头船。

鸥似雪,水如天,忆当年。到家应是,童稚牵衣,笑我华颠。

上文说到吴激由宋入金,后做了金朝的官,这样的人心中难免对于故国是有一种愧疚感的,也因此他们的作品中往往透露着浓浓的故国之思。这首《诉衷情·夜寒茅店不成眠》就是体现吴激故国之思的作品。寒冷的夜晚我躺在茅屋中夜不成眠,天边的残月照耀着我手中挥动的马鞭。在黄花盛开、细雨霏霏的时节我急急踏上了归家的客船。白鸥似雪,碧水如天,我回想着当年。到了家中应该有小孩子牵着我的衣角,笑我已经花白了头发。从词中的意思来看,作者好像马上就能回到家乡了,但其实吴激仕金一直到死都未能回到自己的家乡,金皇统二年吴激被任命出知深州,也就是今天河北的深州市,刚上任三天就去世了。吴激的老家在福建,若是吴激回到家乡一定得先走出金朝的统治范围,再走到南宋朝廷统治区域的最南端,这显然是一件比较困难的事情,而且在金朝做官期间吴激也不可能轻易就去了南宋统治区域。所以说吴激词中写的根本就不是自己将要回到故乡了,而是想象着自己马上就要回到故乡了。作者将这种想归却又不得归的无奈与尴尬浓缩进自己的美好想象中,今天我们读来仍觉辛酸与惋惜。

蔡松年：曲终新恨到眉尖

秀樾横塘十里香，水花晚色静年芳。胭脂雪瘦熏沉水，翡翠盘高走夜光。

山黛远，月波长，暮云秋影蘸潇湘。醉魂应逐凌波梦，分付西风此夜凉。

（金·蔡松年·鹧鸪天·赏荷）

上一节我们讲到了由宋入金的词人吴激，这一节我们继续来讲这一时期的词人，今天要讲的是与吴激齐名的蔡松年。蔡松年的词新雅隽丽，可以与吴激的词比肩，因此在当时吴激与蔡松年的词并称为"吴蔡体"。吴激和蔡松年他们这一代文人由宋入金，在文学史上也被称为"借才异代"，就是说金国刚立国，借助这些由宋入金的大文人，才完成了改朝换代。我们现在来说一说蔡松年，这个人与本书作者的家乡河北石家庄还有很深的渊源。

蔡松年，字伯坚，号萧闲老人。冀州

真定人，也就是今天的河北石家庄市正定县人。蔡松年的父亲蔡靖原本是镇守燕山府的官员，燕山府的大体位置是河北北部以及东北的一些区域，地位相当于今天的一个市，"市政府"坐落在大兴。后北宋在靖康之役战败，蔡靖就带着整个燕山府一起入了金朝，蔡松年自然也就做了金朝的官。蔡松年在金朝可以说是官运亨通，他从真定府的判官一步步做到了丞相，能把丞相这个位置给这么一个原是宋人官吏的蔡松年来做，可见金朝人对于蔡松年是非常器重的。尽管蔡松年在仕途上如鱼得水，平步青云，但他毕竟知道自己不是金人，因此他的作品中也常饱含故国之思的情感。蔡松年的词以赠答、感时、抒怀为主，常流露身宠神辱、违己交病的矛盾心境。我们先来欣赏开篇为大家介绍的蔡松年的代表作《鹧鸪天·赏荷》：树影倒映在水中围绕着十里荷塘，荷花在幽静的夜晚散发着淡淡的芳香。这荷花红白相间煞是好看，它们的香气好似沉香，如翡翠般的月亮高挂空中倾撒向大地一片银灰。眼前的树影、池塘、荷花是近景，挂在天空中的月亮是远景，远远相接，画面顿显立体。山黛迷蒙，月波流转，暮云秋影都好像潇湘仙子。最后作者感慨我们应该尽情地欣赏这些荷花，莫让荷花的美艳都付与了西风。这首词写山、写水、写月、写荷，打造的是空灵静谧的意境。再来看一首《鹧鸪天·解语宫花出画檐》：

解语宫花出画檐。酒尊风味为花甜。谁怜梦好春如水，可奈香馀月入帘。

春漫漫，酒厌厌。曲终新恨到眉尖。此生愿化双琼柱，得近春风暖玉。

这首词的整体风格与《鹧鸪天·赏荷》还是很相近的，语言清丽，画面感极强。

我们说到蔡松年是真定人，现在我们管真定叫作正定，那真定何时改名叫正定？真定以前的真定叫什么？正定号称千年古县，那它究竟是何时成为一级行政区划的呢？我们接下来对正定的历史发展进行一番探究。

正定的形成最早可以溯源至春秋时期，当时的少数民族白狄族人在河北中部建立了三个小国，其中一个名叫鲜虞，鲜虞国的国都就在正定的新城铺，当时叫作新市。战国时期，白狄人在原鲜虞国的基础上重新建立了中山国，中山下属的东垣邑就是正定的东古城村，东古城村在今天被划分到了长安区，也就是说当时的东垣县城是在滹沱河南岸的。秦始皇统一全国后，东垣邑改为东垣县，到了汉代，东垣县重新隶属于恒山郡，东垣除了是县治所在地以外还是郡治所在地。后汉高祖刘邦逐渐意识到东垣这个地方战略位置的重要性，希望这个地方能够真正安定，于是就将东垣的名字改成了"真定"。古代的人们很讲究"避讳"这件事情，汉文帝叫刘恒，真定县隶属的恒山郡因为和皇帝的名字中有一个一样的字"恒",这就犯了讳,于是恒山郡改名为常山郡。《三国演义》中有位大将名号是"常山赵子龙",这个赵子龙就是我们河北的正定人。正定城南的滹沱河将正定与石家庄市区间隔开来,后来人们修了一条横跨滹沱河的大桥连接了正定与市区,这座大桥的名字就叫子龙大桥。

公元352年,前燕大将慕容恪为进攻真定城在滹沱河北岸修筑了一座堡垒叫作安乐垒,当时的安乐垒还只是一座简单的堡垒,直到北魏拓跋珪巡行到真定时,提出了将真定县县衙搬到安乐垒来,至此真定县县城北移至滹沱河北岸,这和今天正定的发展布局已经是很相似了。之后随着朝代的不断更替,各朝的行政区划制度不断演变,真定县后被改为真定府、真定路、真定卫等,尽管名字在不断变化,但真定的大体辖区范围并没有明显的改变。直到清雍正年间,因为皇帝叫胤禛,真定为避皇帝名讳改名叫了正定,并将当时的真定府改成了正定县,至此正定县完成了它的历史变革,正定县这个名字也一直沿用至今。

因此说正定是千年古县这句话一点也没错,虽然今天正定县这个名字更广为人知,但对于正定人民来说,他们并没有忘记自己的发展历史。2017年首届石家庄旅发大会在正定举行,这一届旅发大会吉祥物的名字就叫"真真""定定""游游",很显然"真真"和"定定"的名字就是取自"真定",而且"真真"和"定定"这两个吉祥物的造型一古一今，象征着正定历史的源远绵长。正定的发展正蒸蒸日上，"九楼四塔八大寺，二十四座金牌坊"，正定拥有着极其丰厚的旅游和文化资源，随着对这些资源的不断开发，越来越多的人来到正定领略它的风光，也希望能有更多的人了解正定的历史，更好地体会古城古韵。

岳飞：
笑谈渴饮匈奴血

怒发冲冠，凭栏处、潇潇雨歇。抬望眼，仰天长啸，壮怀激烈。三十功名尘与土，八千里路云和月。莫等闲，白了少年头，空悲切！

靖康耻，犹未雪。臣子恨，何时灭！驾长车，踏破贺兰山缺。壮志饥餐胡虏肉，笑谈渴饮匈奴血。待从头、收拾旧山河，朝天阙。

（宋·岳飞·满江红·写怀）

岳飞的这首《满江红》相信大家都非常熟悉，它也是我们今天缅怀岳飞豪情壮志的最佳文学作品。这首词极具豪迈气势，将岳飞那种有心杀贼、无力回天的愤慨与无奈生动地展现了出来。过去我们说岳飞是民族英雄，后来学界开始纠正这一说法，所谓民族英雄是为了本民族的利益去抵抗其他民族的侵扰，岳飞抵抗的是金兵，金兵不能说是外族，他们同样是中华民族的一员，相比之下林则徐、戚继光可以被称为民族英雄，岳飞只能说成是抗金英雄。岳飞这个英雄可以说是悲壮的，悲壮在哪呢？自己满腔热血一心想要收复失地，抗击金兵，没想到却被自己人给害死了。说到岳飞，我们自然会联想起那个冠以岳飞"莫须有"罪名的秦桧，可能大家都会认为，害死岳飞的直接原因就是罪恶的秦桧，在这里还是想请大家想一想害死岳飞的究竟是谁？

"靖康耻，犹未雪。臣子恨，何时灭！"确实靖康之役很是耻辱，耻辱到宋徽宗和宋钦宗两代皇帝都被金人掳了去，南渡后的宋室因国不可一日无君而推举赵构为新的皇帝，即宋高宗。岳飞的主张是收复失地，同时迎徽钦二帝还朝，他的想法是不错，但他的想法没有办法落地生根，为什么？因为这个想法，新皇帝不喜欢。宋室偏安江南获得了一个暂时喘息的机会，在盖世无双的杭州美景中做一个无战事侵扰的皇帝，对于宋高宗来说是一件很难得的事情，倘若自己同意岳飞带兵去讨伐金人，势必又要经历战火，国家受到折腾不说，万一岳飞再将自己的父亲徽宗和哥哥钦宗迎了回来，那高宗这个皇帝还能否继续当得就难说了。许是为了避免战乱，抑或是为了自己的皇位，高宗否定了岳飞的想法，如果让天下百姓都知道了岳飞想要抗金，而皇帝不准的想法，那天下人势必会说高宗的不是，所以，单从这一点来说，岳飞的想法与最高统治阶级的想法相悖，那岳飞定是留不得了。所以说尽管"莫须有"的罪名是秦桧给的，但是秦桧背后一定是皇帝的授意。这些卑鄙的掣肘岳飞作为身经百战的名将不可能一无所知，但他宁愿不去相信这些，他的心里只装着精忠报国。强大的忠君观念让岳飞把北定中原作为了毕生目标，但这个目标是否能得到那个倚重自己的宋高宗理解，就不得而知了。我们来看岳飞的另一首词：

昨夜寒蛩不住鸣。惊回千里梦，已三更。起来独自绕阶行。人悄悄，帘外月胧明。

白首为功名。旧山松竹老，阻归程。欲将心事付瑶琴。知音少，弦断有谁听。

（宋·岳飞·小重山）

"知音少，弦断有谁听？"岳飞是精忠的，但他又是寂寞的，偏安江南的南宋人人都喊着北定中原收复失地，可除了岳飞，还有谁把这话当真呢？南宋定都杭州后，把杭州改名临安，这是昭告天下我只是临时安顿在这里，还是要北定中原的。可结果是"山外青山楼外楼，西湖歌舞几时休。暖风熏得游人醉，直把杭州作汴州"。（宋·林升·题临安邸）

今天，岳飞的墓园静静坐落在西子湖畔，苏堤尽头，前来凭吊和纪念的游人很多，墓园中岳飞与岳云的坟冢上青草离离，旁边小道上的松柏苍翠繁茂，游人们敬献的朵朵菊花寄托了后人对英雄的哀思。在岳飞的坟冢对面，跪着秦桧与其夫人王氏的铜像，传说当年秦桧与其夫人在东窗下密谋陷害岳飞，后来秦桧病死，其夫人请方士做法见秦桧在阴间戴着枷锁受苦，还对方士说："可烦传语夫人，东窗事发矣。"东窗事发这个成语因此流传下来，喻指不可告人的秘密已彻底败露。果真是非功过，都得由后人评说，当年秦桧的势力权倾朝野，戕害忠臣，他不会想到自己的雕像千百年后还要跪在岳飞的墓前，忏悔自己的罪过。元代诗人赵孟頫写过一首《岳鄂王墓》，写自己在拜谒岳飞墓时的所感：

鄂王坟上草离离，秋日荒凉石兽危。
南渡君臣轻社稷，中原父老望旌旗。
英雄已死嗟何及，天下中分遂不支。
莫向西湖歌此曲，水光山色不胜悲。

不止赵孟頫，岳飞墓园中的碑廊里刻着许许多多记录这段历史和后人感慨的诗。其中明代文徵明的一首《满江红·拂拭残碑》与岳飞的《满江红》在气势上颇为相似，文徵明故意用和岳飞一样的词牌来对岳飞悲剧做了透彻的揭示，他是提醒我们，岳飞的悲剧不要单单归结为一个秦桧，而是另有元凶。在文徵明的词里我们依然还可以看出作者写这首词时的那种义愤，以及对岳飞冤案当事人的一些诛心追问：

拂拭残碑，敕飞字，依稀堪读。慨当初，倚飞何重，后来何酷？岂是功成身合死，可怜事去言难赎。最无辜，堪恨更堪悲，风波狱。

岂不念，封疆蹙；岂不念，徽钦辱，念徽钦既返，此身何属？千载休谈南渡错，当时自怕中原复。笑区区、一桧亦何能，逢其欲。

"慨当初，倚飞何重，后来何酷？"当初倚仗岳飞建立起南宋半壁江山的是谁？后来在大理寺冤狱严刑拷打岳飞的又是谁？"岂不念，封疆蹙；岂不念，徽钦辱，念徽钦既返，此身何属？"文徵明用词为我们叙述了靖康之后的南宋与金的形势，由于宋徽宗和宋钦宗被金人掳走，囚禁在黑龙江，康王赵构这位唯一幸免于难的宗室亲王才得以成为南宋高宗。精忠的岳飞和战斗力超群的岳家军每天把"北定中原迎二圣还朝"放在嘴边，或许北定中原赵构也能支持，但迎回"二圣"，就要打个问号了。所以南宋朝廷能接受的永远是有限的抗金，只要金人不过江南，南北就能分治。但这种充满了阴暗和龌龊的想法，自然不能对外说，岳飞这种耿直精忠的战神，自然也不屑于揣摩了。所以文徵明这几句对宋高宗的千载追问，为我们走进岳飞冤案的真相，以及理解岳飞的怒发冲冠就多了一份参考。

陆游：曾是惊鸿照影来

红酥手，黄縢酒，满城春色宫墙柳。东风恶，欢情薄。一怀愁绪，几年离索。错、错、错。春如旧，人空瘦，泪痕红浥鲛绡透。桃花落，闲池阁。山盟虽在，锦书难托。莫、莫、莫！

（宋·陆游·钗头凤）

说到陆游，我们对他的第一定位就是一个爱国诗人。确实，陆游留下了大量想要收复失地、一统中原，彰显爱国情怀的诗词，比如《十一月四日风雨大作》《示儿》，他的爱国词作我们后续也会介绍。今天想要跟大家讲一讲的是记述陆游个人情感的词作，通过这些作品，我们可以看到陆游不仅仅是一个豪气万丈的真英雄，还是一个为情所困、无可奈何的小丈夫。

开篇介绍的这首《钗头凤·红酥手》是陆游怀念自己的前妻唐婉所作的。唐婉本是陆游舅舅家的女儿，也就是陆游的表妹。陆游与唐婉从小青梅竹马，两人有着共同的兴趣爱好——诗词，可以说是情投意合。在陆游二十岁的时候，他与唐婉成婚，在我们看来这两人如此般配，应该会过得幸福美满，为何唐婉会变成陆游的前妻了呢？这还得从陆游的母亲说起。自己的儿媳妇也是自己的侄女，按道理说陆游的母亲没有理由看不上唐婉，可偏偏她就是不喜欢唐婉，还一度挑唆要让陆游休掉唐婉，传说是因为唐婉嫁进来后一直没能生育。的确，在古代人们很看重传宗接代这个事，倘若一个女子不能为大家生养一儿半女，那她随时就有被夫家休掉的可能。迫于母亲的压力，陆游休掉了唐婉，可陆游对唐婉的感情并不是这一纸休书就能磨灭掉的。尽管最后，陆游续弦娶了一位王姓夫人，唐婉也改嫁给了赵士程，陆游对唐婉的感情却像一枚种子一直深埋在心底。

十年之后，陆游在山阴沈园游览时再一次遇到了来此同游的赵士程和唐婉夫妇，那一颗在陆游内心中深埋多年的种子在这一瞬间破土而出，回忆的藤蔓和无奈的叶片在陆游心中肆意蔓延。曾经与自己相爱至极的女人如今成了他人的妻子，即使再见面，生疏早已无形生成，再也无法像之前那般坦然。陆游心中的感慨难以诉说，只好将自己的苦闷写在沈园的墙上："回想当年你红润如酥的双手给我端来美酒，现在满城都弥漫着春色，杨柳在春光中摇曳。可惜啊，东风是那么的无情，我们之间的情爱被吹得四散飘零，无处可寻。几年的离愁别恨此刻都涌上了我的心头，这真是大错特错的事啊。春日依旧，而你却消瘦了许多。眼泪滑过你腮边的胭脂留下一道道泪痕，又将手帕湿透。桃花败落，这里的亭台楼阁也显得有几分冷清，我们的山盟海誓还在，可我想要给你的书信却难以交托，唉，不要啊，不要啊！"

陆游的词情真意切，表达着在与唐婉分离几年间的懊悔与无奈，这首写在沈园墙壁上的词后又被唐婉看到，唐婉自然也是伤神不已，又和了一首《钗头凤》给陆游：

世情薄，人情恶，雨送黄昏花易落。晓风干，泪痕残。欲笺心事，独语斜阑。难，难，难！

人成各，今非昨，病魂常似秋千索。角声寒，夜阑珊。怕人寻问，咽泪装欢。瞒，瞒，瞒！

这世间本就是薄情的，人们同样也是无情。下着雨的黄昏时候花朵最容易凋落。眼泪已经被风干，我的脸上留下了残乱的泪痕。多想把心事都写下来给你看，我却只能一个人独倚栏杆自言自语，眼下的生活实在是太难了。我们早就分离，今非昔比，病魔将我缠绕，就好像秋千索。夜晚的角声凄凉又给人一丝寒意，我恐怕要和这将要消失的夜一样了吧。怕人询问我怎么了，只好强忍泪水假装欢欣，把心事瞒下去了。唐婉对于陆游想必也是意难平，不然她不会写出如此伤感的词来。这次与陆游沈园相遇，勾起了唐婉对于往事的感伤，再加上他们无力改变和反抗的现实，唐婉更加抑郁愁闷，不久之后便去世了。唐婉的词和唐婉的去世可以说在精神层面给了陆游极大的打击，这是陆游一生难以释怀和忘却的。

梦断香消四十年，沈园柳老不吹绵。此身行作稽山土，犹吊遗踪一泫然。

城上斜阳画角哀，沈园非复旧池台。伤心桥下春波碧，曾是惊鸿照影来。

（宋·陆游·沈园二首）

在陆游七十五岁的时候，他重游了沈园，几十年过去，物是人非，沈园已经不是当年和唐婉相逢时的景象了。故地重游，想必陆游的心中会想到很多很多陈年之事，尽管这些事陆游可能都不愿再想起，可触景生情，谁又能限制得住思绪的无边纷飞呢？陆游将那深深的感慨写在了两首七绝中。伤心桥下的春波中，倒映着当年的唐婉，或许这个惊鸿照影才是陆游一生的痛。

陆游：当年万里觅封侯

当年万里觅封侯，匹马戍梁州。关河梦断何处？尘暗旧貂裘。

胡未灭，鬓先秋，泪空流。此生谁料，心在天山，身老沧洲。

（宋·陆游·诉衷情）

陆游的诗作中知名度最高、流传最广泛的应该是那首《十一月四日风雨大作》：僵卧孤村不自哀，尚思为国戍轮台。夜阑卧听风吹雨，铁马冰河入梦来。这是陆游老年时在一个风雨交加的夜晚所作，虽然自己已经年迈，但想要征战沙场、为国立功的心却始终没有变。陆游的爱国情怀不仅仅流露于他的诗中，他的彰显浓郁爱国情怀的词作以这首《诉衷情·当年万里觅封侯》为代表：当年我征战万里就是为了立军功、欲封侯，我一个人单枪匹马去戍守梁州。曾经的生活也只能在梦中出现了,征战时穿的貂裘已经覆盖上了一层厚厚的尘土。胡人还未被剿灭,我的鬓发却早早地白了,无奈,只能让眼泪空流。回首一生,谁会想到,我心在天山杀敌,而身子却在沧洲上衰老啊。

陆游出生于两宋之交,成长在南宋时期,国家的不幸,家庭的颠沛流离这些外在因素对陆游的创作风格和处世主张都有很大的影响。一说南宋,我们很自然地联想到这是一个偏安的王朝,它失去了北方大片的国土,被迫南迁,甚至还弄丢了自己的皇帝,在杭州的湖光山色中"暖风吹得游人醉,只把杭州作汴州",乐不思蜀。假如我们把南宋当成一个人来看待的话,那这个人的性格应该是偏软弱型的,对于侵占了自己北方国土的金人,南宋的态度一向是求和,只要双方能够停战,金国不再一步步紧逼,对方提出什么条件南宋都会答应。如果在它的内部出现那么一个激进、生猛、敢于反抗的细胞比如岳飞,毫无疑问就打破了这个软弱人的身体内部平衡,所以这个激进细胞就会被忠诚的白细胞团队给吞噬。岳飞手握重兵,又力主抗战,这与一心求和的南宋朝廷步调大相径庭,所以岳飞带着"莫须有"的罪名被统治集团吞噬。相比之下,陆游虽说也是一个主战派,但他手中没有重兵,不会对朝廷构成威胁。自南宋偏安以来,朝廷中本就有主战和主和两派,主战派只要没有触碰到朝廷软弱底线的神经,朝廷也不会特别地针对某一个人。

我们比较熟悉的边塞诗有很多，但不是每一个写边塞诗的诗人都亲自到过边关领军打仗。陆游和这些"想象型"边塞诗人不同，他真的到过边关，还曾统领过一支军队。陆游带兵活动的区域主要是在大散关一带，南宋和金经过几次大的战争后，双方均无力再战，南宋的抗金名将岳飞被自己人害死，金的南征名将完颜宗弼也病逝，所以双方签订了《绍兴和议》，以淮河到陕西大散关一线为界，从此南宋和金的并立正式形成。这个称臣割地的和议一签，对陆游这样的主战大臣是致命打击，再无机会起兵北伐了，因而陆游在晚年时做《书愤》写道：

早岁那知世事艰，中原北望气如山。
楼船夜雪瓜洲渡，铁马秋风大散关。
塞上长城空自许，镜中衰鬓已先斑。
出师一表真名世，千载谁堪伯仲间。

陆游多么想像诸葛亮一样"出师一表真名世"，施展自己的抱负，然而现实残酷，陆游的一腔热血最终只能化成无奈、哀伤的愤怒。陆游不想带着一腔愤恨老去，那将是他一生的悲哀与不幸。可是一个人在国家面前却显得那么渺小，与其说这是陆游一个人的悲哀，不如说是整个宋朝王室的悲哀。偏安一隅的宋朝王室最终也没有收复北方的江山，历史洪流来不及慨叹一朝一代的兴亡便又奔腾向远方。在这洪流中夹杂着许许多多像陆游一样仁人志士的呐喊，只可惜个人的力量实在是太微弱了，还不足以力挽狂澜，有些现实注定是不能改变的，我们能做的只是坚守住自己的原则与内心，"零落成泥碾作尘，只有香如故"。

严蕊：莫问奴归处

不是爱风尘,似被前缘误。花落花开自有时,总赖东君主。

去也终须去,住也如何住!若得山花插满头,莫问奴归处。

(宋·严蕊·卜算子)

这首《卜算子·不是爱风尘》出自南宋女词人严蕊的笔下。一说起女词人,可能大部分人第一时间会想到李清照,论及家庭出身以及文学成就严蕊远不及李清照,严蕊这个女词人能被后世记住,得益于她一生传奇的经历。我们知道李清照是名门望族的后人,而严蕊却是一个不幸的流落风尘的女子。严蕊出身低微,从小擅长歌舞、丝竹,虽不是出身于书香门第,但经后天努力也是饱读诗书,长大后的严蕊沦为台州的一名官妓。官妓就是专门为官员们在宴会等场所唱歌跳舞助兴的艺人，这些官妓与那些沦落在青楼中的女子不一样，官妓只是出卖自己的技艺，并不卖身。而且官妓不是说想干就干，不想干就不干的，政府会为这些官妓们登名造册，如果不想干官妓了必须得从妓籍上除名才可以。严蕊最终能从妓籍中除名跟我们熟悉的另一位大诗人朱熹还有很大的关系。只不过朱熹不是主动帮助严蕊摆脱妓籍，而是严蕊在受到朱熹的戕害后才脱离了官妓的身份。

严蕊是台州的官妓，当时的台州太守是唐与正，一日唐与正邀请严蕊等人来跳舞，唐与正见严蕊能歌善舞谈吐不俗便想试一试严蕊的才华，严蕊当即就在宴会上作了一首《如梦令》：

道是梨花不是。道是杏花不是。白白与红红，别是东风情味。曾记，曾记。人在武陵微醉。

说它是梨花不是，说它是杏花也不是，白白的和红红的花朵，别有一番春天的情味。还记得吗？武陵渔人被陶醉。前几句说的既不是梨花也不是杏花，有着红红与白白颜色的花乍一看还真的不好推断到底是什么花，直到最后说到"人在武陵微醉"我们恍然大悟，陶渊明的《桃花源记》开篇时提到了一个捕鱼的武陵人，由此推断严蕊所说的应该是桃花。从这也能看出来严蕊是有一定的文化底蕴的，要不然也不可能随口就吟出如此美妙的词来。听了严蕊的《如梦令》，唐与正很是高兴，便顺手赏了严蕊两匹绢帛，也就是这两匹绢帛，给严蕊带来了大麻烦。

有人以这两匹绢帛为由头，控告唐与正与严蕊有私情，而时任浙东常平使的朱熹正好巡行台州，于是朱熹就接下了这个案子。朱熹除了是我们熟悉的南宋诗人以外，他还是一位理学家，素来倡导"存天理，灭人欲"。若是严蕊与唐与正真有私情那可就是犯了朱熹的大忌。听说了这件事后，朱熹的第一反应就是把严蕊抓起来，严刑拷打。这本来就是一件无中生有的事情，严蕊当然不会承认，当然朱熹也不相信严蕊这么一个身份低微的官妓的话，于是变本加厉，甚至对严蕊用了酷刑。若是寻常女子也许会为避免皮肉之苦承认了这"莫须有"的罪名，可严蕊却是刚毅有气节的，没有做过的事情坚决不承认。这件事越闹越大，竟然惊动了皇上，本来就是一场误会，结果被朱熹闹得如此沸沸扬扬，又是上刑又是逼供，关键是严蕊宁死不屈，就是不招供。最后连皇帝也看不过去了，下旨调走朱熹，然后派岳飞的后人岳霖来处理这件案子。岳霖秉公执法，稍微一看案卷就知道是朱熹和严蕊置气，非要这个妓女招供来攀扯士大夫，同时也被严蕊宁死不冤枉别人的气节所感动，所以严蕊很快被无罪释放。岳霖问严蕊今后有何打算，严蕊就作了这首《卜算子》表白心迹，于是岳霖就将严蕊的名字从妓籍中除去了。严蕊说得好，"不是爱风尘。似被前缘误"。不是我想要沦落风尘的，实在是命运的安排。花落花开都有自己的时令，这都要依靠东君的安排。岳霖也解了词中之意，当好了这个主花落花开的东君，放严蕊从良。严蕊也在词中说了，能够像普通妇女一样头戴黄花过着最简朴的生活就是我的理想归宿。从这首词中可见严蕊是一个正直、不贪恋风尘富贵的非常有气节的女子，我们也能感觉到她想要摆脱艺妓生涯，回归自由生活的渴望。朱熹作为一代大儒，饱读诗书，却在严蕊案子上如此苛刻和不近人情，以至于一直被后人嘲讽。到了明朝，冯梦龙的畅销小说集《醒世恒言》中，就收录了朱熹审严蕊的故事，题目叫"大儒争闲气，侠女著芳名"。

严蕊的词流传较广的只有三首，除了上文中介绍的两首外，还有一首《鹊桥仙·碧梧初出》：

碧梧初出，桂花才吐，池上水花微谢。穿针人在合欢楼，正月露、玉盘高泻。

蛛忙鹊懒，耕慵织倦，空做古今佳话。人间刚道隔年期，指天上、方才隔夜。

这首词应该是以七夕节为主题而做的，因为七夕又叫乞巧节，这一天女子们会比赛穿针引线祈求能有一双灵巧的手，词中说到了穿针人，符合七夕节的风俗习惯。碧绿的梧桐叶刚刚长出不久，桂花刚刚吐露出花苞，池上的莲花有些微微的凋谢。穿针人正在合欢楼，望着天空中如玉盘的月亮倾泻下皎洁的月光。蜘蛛忙着结网，喜鹊却显得有些懒洋洋，还没有搭起鹊桥，牛郎没有心思再去耕田，织女也顾不得去织布，两人都盼着能够早日团聚，如今看来他们的佳期很难被成全。人们都说地上过去一年，天上才过一天。在这首词里我们可以看出来严蕊对周身事物的观察是很细心的，比如她观察到梧桐树的叶子是刚出来的，桂花才刚刚吐露花苞，细节描写的恰当运用足以使文章增色。大家在写作时可以借鉴一下严蕊词中细节描写的手法。学习严蕊的这三首词，足以使我们了解到严蕊是一个有才情、有气节、有思想的奇女子。

张孝祥：肝胆皆冰雪

洞庭青草，近中秋，更无一点风色。玉鉴琼田三万顷，着我扁舟一叶。素月分辉，明河共影，表里俱澄澈。悠然心会，妙处难与君说。

应念岭表经年，孤光自照，肝胆皆冰雪。短发萧骚襟袖冷，稳泛沧溟空阔。尽挹西江，细斟北斗，万象为宾客。扣舷独啸，不知今夕何夕。

（宋·张孝祥·念奴娇·过洞庭）

湖南岳阳，一个钟灵毓秀的城市，在这里有被称为天下四大名楼之一的岳阳楼，因范仲淹的那篇《岳阳楼记》，岳阳楼的名字蜚声中外；在这里还有全国第二大淡水湖洞庭湖，湖南湖北就是以此湖为界。古往今来无数文人墨客因洞庭湖而提笔，多情的洞庭湖也因此而令人心向往之。今天首先来说一说南宋词人张孝祥在过洞庭时所作的一首词《念奴娇·过洞庭》：

快到中秋，洞庭湖与相接的青草湖湖面上都没有一丝风色。这两片湖连在一起好似三万顷玉做的世界，载着我这一叶扁舟。皎洁的明月和灿烂的星河倒映在湖水中，澄澈明净。这种悠然妙哉的感觉只能用心去体会，很难用语言来诉说。应想到这一轮明月常年照耀岭海之间，孤光自照，肝胆胸襟像冰雪一样清明澄澈。现在的我披着稀疏的短发和单薄的衣服平稳地在这空阔的洞庭之上泛舟。尽情地捧一把西江水，细细地斟在北斗星构成的勺子中，天地万物都是我请来的宾客。扣着船舷独自吟啸，不知现在到底是何年何月。

要更好地了解这首词，我们还是先来介绍一下它的作者张孝祥。

张孝祥，字安国，别号于湖居士，他是南宋豪放词的重要奠基人。苏轼和辛弃疾两人一个是北宋人一个是南宋人，而豪放词在由北宋向南宋过渡阶段张孝祥起了重要的作用。张孝祥在京城做过秘书郎、著作郎、中书舍人等官职，也在地方上做过地方的长官。这首《念奴娇·过洞庭》是宋孝宗乾道二年，张孝祥任静江府兼广南西路经略安抚使时，因受政敌谗害而被免职，他从桂林北上途经洞庭湖，即景生情所作。通篇来看，这首词中最具特色的便是洞庭的月夜风光，洞庭的水是澄净的，洞庭的月是皎洁的，"肝胆皆冰雪"不仅仅是说洞庭的水与月的清明，更是说作者自己内心的无私与光明磊落。自然之景的美妙非是要自己亲自去体验过后才能知道，就像我在这里再怎么跟大家说洞庭湖有多美、岳阳楼有多漂亮大家还是无法有那种身临其境的感觉。遭遇贬谪的张孝祥在这如画的美景前略显狼狈，可词人并没有苟且于自己境况的惨淡，还能以磅礴的胸襟将天地万物都当作自己的座上宾。天地之间人本是最渺小的，可词人却能反客为主，将自己看作万物的主宰，这等气魄非常人所有。

　　说到洞庭湖，还有一首词也非常值得推荐给大家。洞庭湖湖边有很多石刻，刻的都是历代文人吟咏洞庭湖的诗词，接下来要为大家介绍的这首《满庭芳·汉上繁华》也刻在洞庭湖边的石头上，只不过这首词我们不知道它的作者到底叫什么，只知道她是徐君宝的妻子。

　　汉上繁华，江南人物，尚遗宣政风流。绿窗朱户，十里烂银钩。一旦刀兵齐举，旌旗拥、百万貔貅。长驱入，歌楼舞榭，风卷落花愁。

　　清平三百载，典章文物，扫地俱休。幸此身未北，犹客南州。破鉴徐郎何在？空惆怅、相见无由。从今后，断魂千里，夜夜岳阳楼。

（宋·徐君宝妻·满庭芳）

　　这首词很有历史感，讲的是金兵南下后一对夫妻在战乱中颠沛流离的故事。上片先回忆太平年间的安详生活，说之前的宋朝都市繁华，江南地区人杰地灵英才辈出，还遗留着政和、宣和年间的风流文采。十里长街，绿窗朱户，帘钩都银光灿灿，甚是一片繁华景象。接着开始说现在的社会情况：自从元兵南侵，蒙古军南下长驱直入攻破岳阳，歌楼舞榭犹如风卷落花般被瞬间消灭。三百年间的典章文物一夕之间都扫地俱休。幸好我还在南方，自己的清白尚能保全。我的丈夫徐郎在哪我不知道，只能独自惆怅，恐怕没有再相见的时候了。从今后即使我死去也会魂飞千里回到故乡岳阳，回到丈夫身旁。我们很难想象这么一首有着深沉历史厚重感和家国情怀的词竟然出自一位女子笔下，可见这位徐君宝妻的才情与智慧。只可惜古代女子在嫁人后常常将夫姓冠以自己的姓氏前来表示自己的身份，比如王刘氏，或者以某某妻的身份出现在大家面前，导致这些女子的姓名在后代是很难考证的。我们虽然不知道徐君宝妻的真实名字，但可以肯定的是，这是一个值得人们敬佩的奇女子，从词中我们可以看出来她的见识与气魄远不是一般人所拥有的，尤其是她对于历史还有自己的见解与思考，仿佛她是一位阅尽人间百态的智者。家国一体，国家尚且处于风雨飘摇之际，个人小家势必也会水深火热，在下片中我们看到女词人在诉说自己不幸的同时也看到了整个国家文明的衰败，巧妙地将自己与国家的前途联系起来，这种情怀在乱世中更是难能可贵。无论是从内容上还是从思想上说，这首词的境界都是极其崇高的，在这里我想到秋瑾的一句诗"休言女子非英物，夜夜龙泉壁上鸣"，这句诗用来形容这位奇女子徐君宝的妻子是最贴切不过了。

朱淑真：剔尽寒灯梦不成

楼外垂杨千万缕。欲系青春，少住春还去。犹自风前飘柳絮。随春且看归何处。

绿满山川闻杜宇。便做无情，莫也愁人苦。把酒送春春不语。黄昏却下潇潇雨。

（宋·朱淑真·蝶恋花·送春）

自古人们对时光的流逝就有无限的感慨，尤其是在时节交替时更容易生发出无尽的惆怅，所以古诗词中有很多都是伤春悲秋的作品，且往往作者的感慨不会仅仅停留在伤春悲秋的季节交替上，而是由季节的交替延伸到人生的感慨上。这首《蝶恋花·送春》就是一首感慨春天易逝的作品。这首词的作者是朱淑真，宋朝著名女词人，号幽栖居士，朱淑真可以说是唐宋以来留存作品最多的一位女词人。朱淑真

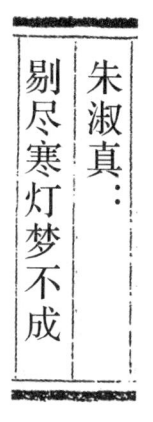

在宋朝的名气不比李清照差,说来也很巧,这二位才女都是出身名门,才貌双全,她俩人生的不幸都出在了他们的爱情生活中。我们知道李清照与赵明诚的早期婚姻生活还是琴瑟和谐的,直到赵明诚弃城而逃李清照对赵明诚失望到底,而朱淑真也是因为找了一个不如意的老公使得生活也很不幸福。

朱淑真是官宦家的小姐出身,家境殷实,自小的生活也是无忧无虑的,朱淑真长大后本是有心上人的,可心上人不久就离她远去了,初尝爱情滋味的朱淑真不得不饱尝相思之苦。

独行独坐,独唱独酬还独卧。伫立伤神,无奈轻寒著摸人。

此情谁见,泪洗残妆无一半。愁病相仍,剔尽寒灯梦不成。

"独行独坐,独唱独酬还独卧",一句话连用五个"独"字将没有意中人陪伴的朱淑真的孤独淋漓尽致地表达了出来。这种孤独不光光是生活上的孤独,更重要的还有精神上的孤独。独自伫立凝望已使我伤神,无奈这春寒又来增添我的愁绪。这样的愁情还有谁会见到,泪水将我的粉黛都弄花了。愁病交加,将蜡烛中的灯芯挑了一次又一次我还是难以入眠。李商隐的《夜雨寄北》中也有一句关于挑蜡烛的描写："何当共剪西窗烛，却话巴山夜雨时。"《夜雨寄北》本也是在外的丈夫写给自己妻子的诗，诗人也不知道自己什么时候能回到妻子身边，还想象着二人团圆后能在巴山夜雨的夜晚坐在西窗前共剪蜡烛的烛心。朱淑真现在是无法盼到心上人归来，只能自己一次又一次地挑蜡烛，辗转反侧彻夜难眠，足见词人当时寂寞难耐、孤独愁苦的情感。

意中人久久不归，转眼间朱淑真就到了要嫁人的年纪，朱父作为朝廷官员自然希望自己的女儿能找一个与自家门当户对的丈夫，要是朱淑真找的夫家能对朱家的发展有帮助那就再好不过了。果然在不考虑朱淑真自己意愿的情况下，朱父朱母逼着自己的女儿嫁给了当地的一个小官吏。本以为自己的丈夫能有鸿鹄之志，将来成就一番大事业，但事实情况是自己的丈夫胸无大志，还爱酗酒，常常出没于歌楼舞馆中，更过分的是还将歌妓们带到自己的家里来。这样的一个男人怎么能和才貌双全的朱淑真有共同语言呢？在今天，离婚是件容易的事情，可是在古代离婚好像是男人的特权，男人写下一纸休书这个女人就跟自己再也没有关系了，可女人没有写休书休丈夫的权利，就算是嫁了一个自己不喜欢的人那也得默默忍受。当时宰相曾布的妻子魏玩寓居汴梁，知道朱淑真是难得的才女，于是邀朱淑真来汴梁游玩。离开自己不如意的丈夫，在汴梁的日子里朱淑真过的还算快活，在这里她又找到了一个能懂得自己心意的恋人，对于朱淑真个人来说这是件好事，毕竟她能够找到自己的幸福，但是在别人看来朱淑真的这种行为简直令人唾弃，她自己有丈夫，还在外边找了一个男朋友，这可是冒天下之大不韪啊。后来金兵攻破汴梁，无奈朱淑真只能再回到自己的家中，知道自己女儿在汴梁的所作所为，朱淑真的父母都感觉很丢脸，传说她的父母还一把烧了朱淑真写的诗，我们今天看到的朱淑真的诗词都是在她死后被后人整理出来的。回到老家的朱淑真又不得不和自己的丈夫一起生活，不久之后朱淑真便死了。人们总说她的死就是因为找了个不如意的丈夫，在不幸的婚姻的摧残下，才使得这样一位才女郁郁终生。她的词集叫《断肠集》，"断肠"一词似乎最能概括朱淑真这一生的悲怆与凄凉。

姜夔：春风十里，荞麦青青

淳熙丙申至日，予过维扬。夜雪初霁，荠麦弥望。入其城，则四顾萧条，寒水自碧，暮色渐起，戍角悲吟。予怀怆然，感慨今昔，因自度此曲。千岩老人以为有"黍离"之悲也。

淮左名都，竹西佳处，解鞍少驻初程。过春风十里，尽荠麦青青。自胡马窥江去后，废池乔木，犹厌言兵。渐黄昏，清角吹寒，都在空城。

杜郎俊赏，算而今、重到须惊。纵豆蔻词工，青楼梦好，难赋深情。二十四桥仍在，波心荡、冷月无声。念桥边红药，年年知为谁生？

（宋·姜夔·扬州慢）

姜夔，自号白石道人，南宋文学家，饶州鄱阳人。一生未入仕途，转徙于江湖间。出生自一个落魄官宦之家，他的父亲

不过是当过县丞一类的小官，父亲死后，姜夔依附自己的姐姐为生，后多次参加科举考试，屡试不中。这首《扬州慢·淮左名都》就是姜夔过扬州时，见金兵洗劫后的扬州萧条残破，有感而发。在小序中交代了做这首词的背景：淳熙丙申至日，我经过扬州。下了一夜的雪后天气放晴，放眼望去，地里满是荠菜和麦子。进入扬州城，四下萧条，冰冷的河水依旧碧绿，暮色渐起，城中想起悲凉的号角声，我感慨物是人非，所以做了这首曲子。千岩老人认为有《黍离》般的悲怆之感。千岩老人说的是萧德藻，对姜夔来说有知遇之恩，后文我们会对萧姜二人的关系做进一步介绍。《黍离》本是《诗经》中的一篇，讲的是周平王东迁后，周大夫经过西周故都见"宗室宫庙，尽为禾黍"，遂赋《黍离》诗志哀。后世即用"黍离"来表示亡国之痛。

扬州本是淮河左岸著名的大都城，有竹西亭这样的好地方。我停下马车在这里稍作停留。春风十里拂过，看到原野上是青青的荠菜和麦苗。自从金人离去后，这里荒废的池沼乔木，依然厌倦战争。黄昏渐至，凄冷的角声吹起，响彻这空荡萧索的扬州城。杜牧对扬州有极好的评价，如果杜牧今天来到扬州一定会大吃一惊，纵然豆蔻年华的少女才华横溢，歌楼舞馆中能让人有个好梦，也再难付深沉的感情了。二十四桥还在，湖心中涌起波浪，清冷的月光惨白，无声地洒向江面。怀念江边的红色芍药，不知道它一年年为谁而红？这首词中多处巧妙地化用了杜牧的诗句：

"春风十里扬州梦，卷上珠帘总不如""娉娉袅袅十三余，豆蔻梢头二月初""二十一年扬州梦，赢得青楼薄幸名""二十四桥明月夜，玉人何处教吹箫"。杜牧是晚唐诗人，当时的扬州还极尽繁华富庶，对比如今的扬州城，杜牧当然会"到而今，重到须惊"。这首词上片记行，下片抒情，很符合我国古代诗词的创作特点。

再来说说那位千岩老人萧德藻。萧德藻，曾官任龙川县丞、湖北参议，后调湖州乌丞县令，擅长作诗，在当时萧德藻是可以和尤袤、范成大等人齐名的大诗人。因欣赏姜夔的才华，萧德藻与姜夔结为忘年之交，还把自己的侄女嫁给了姜夔，也就是说姜夔既是萧德藻的好朋友也是他的侄女婿。萧德藻是有官职有收入的，而姜夔则一直是"无业游民"状态，所以在生活上姜夔难免要靠着萧德藻的救济。淳熙十三年，萧德藻调任湖州，姜夔也随之前往。后萧德藻结识杨万里，也随即慷慨地将杨万里介绍给姜夔认识，杨万里对姜夔的诗词极为推崇，还称赞他"为文无所不工"，之后还将范成大介绍给姜夔。范成大亦欣赏姜夔之才，还曾邀请姜夔住在自己家中，姜夔另外两首代表作《暗香》《疏影》正是应范成大所求而作：

辛亥之冬，余载雪诣石湖。止既月，授简索句，且征新声，作此两曲，石湖把玩不已，使二妓肆习之，音节谐婉，乃名之曰："暗香""疏影"。

旧时月色，算几番照我，梅边吹笛？唤起玉人，不管清寒与攀摘。何逊而今渐老，都忘却春风词笔。但怪得竹外疏花，香冷入瑶席。江国，正寂寂，叹寄与路遥，夜雪初积。翠尊易泣，红萼无言耿相忆。长记曾携手处，千树压、西湖寒碧。又片片、吹尽也，几时见得？

（宋・姜夔・暗香）

苔枝缀玉。有翠禽小小。枝上同宿。客里相逢，篱角黄昏，无言自倚修竹。昭君不惯胡沙远，但暗忆、江南江北。想佩环、月夜归来，化作此花幽独。犹记深宫旧事，那人正睡里，飞近蛾绿。莫似春风，不管盈盈，早与安排金屋。还教一片随波去，又却怨、玉龙哀曲。等恁时、重觅幽香，已入小窗横幅。

（宋・姜夔・疏影）

　　小序中的石湖指的就是范成大，范成大号石湖居士。这两首《暗香》《疏影》是姜夔大才的见证，这两首作品是词也可，说他们是曲也可。两首词都没有依照旧有词牌来写，《暗香》《疏影》的平仄声律，就是姜夔自制的词牌格式，可谓前无古人。但凡伟大的词人，都有自创词牌的经验，这种词人自创的新词，被称为自度曲。这两首就是姜夔的自度曲，前文提到的《扬州慢》也是姜夔的自度曲。正因为有着一代又一代词人的创新，词牌这种填词的格式也从唐代很少的几个发展到宋代多达数百种。姜夔既是一个文学家,又是一个精通音律的音乐家,况且词原本就是用来唱的。此外,姜夔还曾凭借着自己的音乐才能向朝廷进献过《大乐议》《琴瑟考古图》《圣宋铙歌鼓吹十二章》以期获得重用,只不过朝廷并没有重视姜夔,姜夔也就万般无奈地彻底放弃了走仕途的心。

通过范成大和杨万里,姜夔的朋友圈瞬间强大起来,许多名士文人都想要与他交流切磋,就连大儒朱熹对姜夔都十分认可。姜夔周围的这些好朋友们真的都给了他莫大的帮助,前期姜夔一直依靠着萧德藻,后来萧德藻离开湖州,姜夔没有了依靠便去投奔了他的另一个朋友张鉴。张鉴本是南宋大将张俊的后人,家境殷实,对姜夔也不错,张鉴的支持又让姜夔度过了一段相对安稳的时光。后直至张鉴去世,姜夔的生活又变得落魄,姜夔去世后,在朋友们的帮助下,被葬在了杭州。姜夔的一生中能结识一帮这么重情重义的朋友,实在是他的幸运。

辛弃疾:众里寻他千百度

明月别枝惊鹊,清风半夜鸣蝉。稻花香里说丰年,听取蛙声一片。

七八个星天外,两三点雨山前。旧时茅店社林边,路转溪桥忽见。

(宋·辛弃疾·西江月·夜行黄沙道中)

这首词相信大家都不陌生,这是辛弃疾的《西江月·夜行黄沙道中》。辛弃疾,字幼安,号稼轩,南宋著名词人。他与李清照同为山东济南人,又因为二人的字号中都带有一个"安"字,所以辛弃疾和李清照被后人并称为"济南二安"。说到辛弃疾,我们很自然会把他和苏轼联系到一起,因为这二位都是豪放派的代表人物,因此也有"苏辛"之称。辛弃疾的词当然是以豪放为主要风格,他的词大多是对国家前途命运的担忧和自己壮志难酬的感慨,但是我们决不能狭隘地认为辛弃疾的词都是这一种风格，我们在对词人创作风格进行归纳的时候虽然会考虑他大部分词作的整体风格，但是也不能忽略词人在其他主题风格的代表性作品。比如我们开篇提到的这首词，整体篇幅很小，语言也很平白朴实，丝毫没有什么豪迈之感，但它的确也是出自辛弃疾的笔下。其实辛弃疾写过的关于田园风光、民俗人情、日常生活的词也不少，这一节我们主要来对辛弃疾的这一题材的作品进行赏析。

茅檐低小，溪上青青草。醉里吴音相媚好，白发谁家翁媪？

大儿锄豆溪东，中儿正织鸡笼。最喜小儿无赖，溪头卧剥莲蓬。

这首《清平乐·村居》描绘的就是一幅静谧和谐的田家生活图：茅屋的屋檐又低又小，小溪边长满了青青的草。含有醉意的吴侬软语让人感觉美好，那是谁家白发苍苍的老人呢？这里的翁媪指的是两个人，翁是老头，媪是老太。除了老头儿和老太在忙碌外，这幅村居图里还有什么人呢？大儿子正在小溪边锄豆，二儿子正在编织鸡笼，最令人喜爱的是可爱的小儿子，他正趴在小溪边剥莲蓬。这里需要注意"无赖"的意思，它是一个古今异义词，所谓古今异义就是同样的一个词在古代和今天所表达的意思是不一样的。我们今天说"无赖"，这是一个贬义词，地痞流氓的意思，而在古代，无赖却是一个褒义词，这里"最喜小儿无赖"的"无赖"是可爱的意思，还有在杜牧的诗中"天下三分明月夜，二分无赖是扬州"这里的"无赖"也是可爱的意思。一家五口的劳作画面就在辛弃疾寥寥几笔的勾画中展现在我们面前。在文学创作中常常用简练素朴、不加渲染的文字来刻画出鲜明的形象，这种写作手法就叫白描。很显然，辛弃疾的这首《清平乐·村居》就用了白描的写作手法，白描在诗歌创作中是运用比较广泛的，大家可以在赏析古诗词时留意一下这个用法。

东风夜放花千树。更吹落、星如雨。宝马雕车香满路。凤箫声动，玉壶光转，一夜鱼龙舞。

蛾儿雪柳黄金缕。笑语盈盈暗香去。众里寻他千百度。蓦然回首，那人却在，灯火阑珊处。

这是辛弃疾所作的《青玉案·元夕》。元夕就是我们今天的元宵节，现在我们庆祝元宵节的方式无非吃元宵、挂彩灯、猜灯谜，以前还会有放烟花等活动，但是为了环保等，最能烘托节日气氛的烟花现在被禁止燃放了。尽管如此，元宵节在我们的印象中还是一个处处张灯结彩，延续春节欢乐祥和气氛的节日。写元宵节比较有名的诗句有唐朝诗人苏味道的那句"铁树银花合，星桥铁锁开"，这一句跟辛弃疾词中的"东风夜放花千树，更吹落、星如雨"的感觉很像，写出了灯火之盛、之美。元宵节这一天的特殊点还有这一天的晚上是没有宵禁的。古代实行宵禁制度，就是在晚上几点以后不允许人们再外出，也不允许商家再摆摊做生意，所以说古代人是没有夜生活的，到点了都得回家睡觉。唯独在元宵节这一天不实行宵禁制度，大家可以在外边尽情观赏花灯，看一些娱乐节目。从辛弃疾的词里我们就可以看到他笔下的正月十五夜是非常热闹的：装饰精美的马车一路走过满路芳香。就这么一句，我们就能想象出来当时街上游人如织的盛景。悠扬的箫声在空中回荡，玉壶般的月亮渐渐西斜，鱼龙灯上下翻飞舞了一夜，笑语喧哗久久不能散去。俊俏的姑娘头上戴着各种各样的装饰品，笑语盈盈地走过，她们身上还带着淡淡的香气。我在众人中苦苦地寻找她千百回却不见，猛然一回首，却发现她就在那灯火将要熄灭的地方。这首词的最后一句被今天的人们广泛引用，王国维还将其作为成大事业者的最高境界。辛弃疾写这首词的时候正是他不受重用，满腹文韬武略难以施展的时候，所以人们后来分析，那个独立于热闹景象之外、清高至极的美人就是辛弃疾的自比，他要表明的是自己虽受尽冷落却也不肯同流合污的高士品行。

辛弃疾：脉脉此情谁诉

序：淳熙己亥，自湖北漕移湖南，同官王正之置酒小山亭，为赋。

更能消，几番风雨，匆匆春又归去。惜春长怕花开早，何况落红无数。春且住，见说道，天涯芳草无归路。怨春不语。算只有殷勤，画檐蛛网，尽日惹飞絮。

长门事，准拟佳期又误。蛾眉曾有人妒。千金纵买相如赋，脉脉此情谁诉？君莫舞，君不见，玉环飞燕皆尘土！闲愁最苦！休去倚危栏，斜阳正在，烟柳断肠处。

（宋·辛弃疾·摸鱼儿）

这首词的小序交代了创作背景：淳熙己亥年间，辛弃疾将由湖北转运使转为湖南转运使，同僚王正之在小山亭摆酒为他践行，因此作了这首词。还能经受住几番风雨的洗礼吗？春天又匆匆地过去了。爱惜春天担心这些花们都开得太早，何况此时已经是落花无数了。春天暂且请你留在人间吧，难道没有听说天涯芳草已经阻断了你的归路？只能怨恨春天没有默默无语，这世间殷勤的也只有画檐下的蛛网尽日里沾惹飞絮。长门宫里的陈阿娇希望能够有朝一日再被皇帝宠幸，可是约好了的佳期却被一再延误。都是因为太漂亮而被人嫉妒了。纵使花了千金去买一篇为自己陈情的司马相如写的赋，那赋中的脉脉深情也不知向何人倾诉。劝诫大家都不要太得意，难道大家没有看到吗？昔日的杨玉环和赵飞燕都魂归尘土！闲愁是最让人感到苦的！不要倚靠着那高高的栏杆去远眺，斜阳正在，令人断肠的烟柳迷蒙之处。

这首词没有我们熟悉的《破阵子·为陈同甫赋壮词以寄之》《永遇乐·京口北固亭怀古》那样的豪放，那样的声嘶力竭，但是我们也能够从这首词中体会到作者心中那抹不去的忧伤。作这首词时，辛弃疾已经四十岁了，四十岁正是人生奋斗发展的黄金期，可是辛弃疾没有这样的好运气。辛弃疾早年间跟随耿京北伐抗金也是小有成就，就是因为他在北伐战争中的良好表现，宋高宗任命他为江阴签判，这也是辛弃疾仕途生涯的开始。刚刚步入仕途的辛弃疾可以说事业心很重，积极性很高，为朝廷提供了很多个关于北伐的建议，但是辛弃疾的一腔热血并没有感动朝廷，他所提出的措施也没有被朝廷采纳，反而，他积极北伐的人设在偏安江南的朝廷中显得那么格格不入。既然如此，辛弃疾免不了会被调离京城去地方做一些无足轻重的小官。这首《摸鱼儿·更能消几番风雨》就是辛弃疾在地方郁郁不得志时的感慨。尤其是这首词的下片,作者用了历史上陈阿娇的典故,曾经的阿娇是汉武帝的宠妃,我们熟悉的"金屋藏娇"这个成语就是源于汉武帝和陈阿娇的故事。后来汉武帝得了卫子夫,渐渐疏远了陈阿娇,将她于长乐宫中安置,后来长乐宫也成了"冷宫"的代名词。为重得皇帝眷顾,相传陈阿娇耗费百金去请司马相如写了一篇为自己陈情的《长门赋》,可惜最终汉武帝还是没有为之动容。辛弃疾在这里提陈阿娇失宠的典故也是用来比拟自己的不得志。"闲愁最苦",这一句是辛弃疾最真实的慨叹啊,一个胸怀天下的人天天让他管理一些粮草、水运这类的事,他心中能不郁闷愁苦吗?最后,"斜阳正在,烟柳断肠处"这一暮色苍茫的景象,或许是辛弃疾的眼前之景,也或许是象征南宋朝廷日薄西山之景。在这一片萧索和惨淡中,充斥着的是辛弃疾报国无门的苍凉与心伤。

壮岁旌旗拥万夫,锦襜突骑渡江初。燕兵夜娖银胡觮,汉箭朝飞金仆姑。

追往事,叹今吾,春风不染白髭须。却将万字平戎策,换得东家种树书。

(宋·辛弃疾·鹧鸪天)

这首《鹧鸪天》的上片主要是回忆自己当年抗金杀敌时的英勇，我们今天读来都有一种很痛快的感觉。从他的文字中，我们足可以想象辛弃疾当年在战场上奋勇杀敌、英姿勃发的形象。下片笔锋一转，由回忆转到现实，春风早已将我的鬓发染白了。我自己尚且没有用武之地，那万字长的平定戎狄的策略跟着我更是没有任何价值，倒不如去换了能用来种树的书。在这首词的小序中辛弃疾写道："有客慨然谈功名，因追念少年时事，戏作。"一说戏作，便有开玩笑、不认真的意思。回顾整首词，能算得上开玩笑的话也就是最后两句"却将万字平戎策，换得东家种树书"。虽为戏言，要是真拿着辛弃疾辛辛苦苦写出来的策论去换了种树的书，想必辛弃疾会难受死。我们要知道辛弃疾这么说主要是想表达自己不受重用的愤懑，绝不是真的想要去种树。

辛弃疾不单单是一位只会遣词造句的词人，更是一位武将，建功立业才是他一生的终极追求，无奈他的政见并不为当时的朝廷所采纳。主张恢复河山北定中原的英雄在南宋直把杭州作汴州的政治氛围中，往往都是悲剧，从岳飞到陆游再到辛稼轩莫不如此。在一次次的弹劾打压中，辛弃疾与他的人生理想渐行渐远，只能在一首一首的词赋中寄托自己的宏伟家国理想。

元好问：欢乐趣，离别苦

序：乙丑岁赴试并州，道逢捕雁者云："今旦获一雁，杀之矣。其脱网者悲鸣不能去，竟自投于地而死。"予因买得之，葬之汾水之上，垒石为识，号曰"雁丘"。同行者多为赋诗，予亦有《雁丘词》。旧所作无宫商，今改定之。

问世间，情为何物，直教生死相许？天南地北双飞客，老翅几回寒暑。欢乐趣，离别苦，就中更有痴儿女。君应有语：渺万里层云，千山暮雪，只影向谁去？

横汾路，寂寞当年箫鼓，荒烟依旧平楚。招魂楚些何嗟及，山鬼暗啼风雨。天也妒，未信与，莺儿燕子俱黄土。千秋万古，为留待骚人，狂歌痛饮，来访雁丘处。

（金·元好问·摸鱼儿·雁丘词）

"摸鱼儿"这个词牌名大家应该不陌

生了吧？讲辛弃疾的故事时我们提到了辛弃疾写的一首《摸鱼儿·更能消几番风雨》，这首《摸鱼儿·雁丘词》出自金代词人元好问的笔下。这两首《摸鱼儿》都是经典的篇目，我们今天就一起来了解一下元好问的《摸鱼儿·雁丘词》。

首先来介绍一下元好问。元好问，字裕之，号遗山，世称遗山先生，金末元初文学家。元好问在诗、词、曲的创作上都有相当的成就，尤其是他的词，被称为金代一朝之冠。开篇的这首词，通过小序我们可以了解到词人在赴并州考试途中听闻了一个关于大雁的故事，说有个捕雁的人在早上捉到了一只大雁把它杀了，那只逃脱的大雁在死亡的大雁旁边悲鸣久久不离去，最后竟然撞地而死。想必是词人被大雁的故事所感动，于是他买下了这一对大雁，将它们葬在汾水旁，并垒了几块石头做记号，还把这个埋葬了大雁的地方取名叫作"雁丘"。同行的人都为此事而赋诗，词人也因之做了这首《雁丘词》，之前做的时候不合音律，现在又将它重新修订。

这首词也许有的读者还不能完全背过，但是它的第一句我想不会有人从来没有听说过，这可是一个千古之问，到今天人们还没能找到一个最合适的答案。世间的人们啊，爱情到底是什么，竟能让人们用生死来对待？无论天南地北，经历怎样的寒冬酷暑，这两只大雁都是比翼双飞。能够在一起的时光是极其欢乐的，分离时刻也是极为痛苦的，没想到原来大雁会比人世间的痴情儿女更加痴情。应该知道，失去了伴侣自己形单影只，就算飞跃万里，穿越千山万水、暮雪朝云，又有什么意义呢？这汾水一带，当年汉武帝横渡的时候是多么热闹，而如今确是如此萧条清冷。就算是招魂、让山鬼暗啼也是无济于事的，可能是上天嫉妒你们之间的深情吧，我不相信殉情的大雁会和一般的黄莺燕子一样死后都魂归尘土。等到千百年后，会有更多的词客骚人来到雁丘，狂歌痛饮，纪念当年这对深情的大雁。

这对深情的大雁的故事确实令人感动，不仅仅是动物会因为离别而痛苦，人更是这样。"人生自是有情痴，此恨不关风与月"，我们看到古诗词中专门就有一类"闺怨诗"，写的就是闺中少妇对心上人的思念，这种深情可以说是撼天动地的。在生活中，我们每个人都会经历离别时刻，尤其是与自己相爱的人分别则会更加苦痛，面对生活中不可避免的分别，晏殊的一句词告诉了我们该怎么做："满目山河空念远，落花风雨更伤春，不如怜取眼前人。"珍惜好当下的时光，才是最有意义的。其实很多诗词中都饱含着人生哲理，只要我们从中仔细品味，也会有很多收获。元好问不仅是优秀词人，还是散曲名家，他的《骤雨打新荷》这首曲词就告诉我们面对命运的穷通该如何应对，我们一起来看：

绿叶阴浓，遍池亭水阁，偏趁凉多。海榴初绽，朵朵簇红罗。老燕携雏弄语，有高柳鸣蝉相和。骤雨过，珍珠乱撒，打遍新荷。

人生百年有几，念良辰美景，休放虚过。穷通前定，何用苦张罗。命友邀宾玩赏，对芳樽浅酌低歌。且酩酊，任他两轮日月，来往如梭。

（金·元好问·骤雨打新荷）

需要说明的一点是《骤雨打新荷》一般被认为属于金元散曲，可以说是金元散曲的名作。但也有的书中将这首《骤雨打新荷》归为词调，也将这首曲词当作词看。经典的曲作品，当然也可以看作一种特殊的词，因为词本就是曲词。词与曲都有词牌或曲牌约束，都需要配乐演唱。但他们二者的区别更多是在内容上，词更追求温婉含蓄的韵外之致，而曲更加民家化，大众化，内容往往泼辣而直接。嬉笑怒骂都能入曲。

元好问本就是诗词曲兼善的大家，又精通音律，所以无论填词还是制曲都是大师级的。曲词上片为我们描绘的是一幅夏日雨后的画面：绿叶阴浓，到处都是亭台、池塘与楼阁，是乘凉的好地方。石榴花刚刚绽放，一朵一朵争相开放。老燕携着小燕子在树上叽叽喳喳，高高的柳树上还有蝉鸣相和。骤雨过后，新生出的荷叶叶片上沾满了水珠，像洒满了一粒粒的珍珠。基于如此美丽的景色，生发了下片作者对于人生和命运的感慨：人生能有多长，一定不能放过这样的良辰美景。命运是通达还是困厄早就已经是定好了的，哪里还用苦苦地为人生张罗？不如邀请朋友们一起玩赏，喝酒唱歌。暂且就大醉一场吧，哪管他日月轮回，像梭子一样来来往往。

现在常听人们喊口号叫"不拼不博，人生白活"，确实在这个发展节奏如此之快的时代，每个人为了自己的理想生活努力拼搏是应该的，但是过分钻营却又是不值当的。所以说人们该豁达时还是要豁达一些，适时地给自己放松，为自己解压，生活中的"良辰美景，休放虚过"。元好问晚年在今河北省石家庄市鹿泉区的土门关附近结庐隐居，寄情山水，在扼守秦皇古道晋冀咽喉的土门关，以及因韩信射鹿得泉而命名的千年古县鹿泉之间，留下了许许多多借由诗词曲赋交织而起的千古情怀。

吴文英：离人心上秋

何处合成愁。离人心上秋。纵芭蕉、不雨也飕飕。都道晚凉天气好，有明月、怕登楼。

年事梦中休。花空烟水流。燕辞归、客尚淹留。垂柳不萦裙带住。漫长是、系行舟。

（宋·吴文英·唐多令·惜别）

面对秋天，不同心境的人有着不同的感受，尽管"乐天派"诗人刘禹锡说"我言秋日胜春朝"，毛泽东在他的《沁园春·长沙》里塑造了"看万山红遍，层林尽染。漫江碧透，百舸争流。鹰击长空，鱼翔浅底，万类霜天竞自由"这样一派生机勃勃的画面，但似乎还是改变不了人们对于秋天"自古逢秋悲寂寥"的感觉。马致远《秋思》中"枯藤老树昏鸦，小桥流水，古道西风瘦马，夕阳西下，断肠人在

"天涯"营造的画面可谓凄凉至极。关于悲秋的诗歌作品在文学作品中不胜枚举，如若是在这伤感的秋天再遇上更为伤感的离别，便是真正的"冷落清秋节"了。我们开篇提到的这首《唐多令·惜别》便是一首惜别之作。这首词的作者是吴文英。吴文英，字君特，号梦窗，晚年又号觉翁，南宋词人。吴文英一生未第，游幕终身。虽然吴文英这个名字也许对有些读者来说不是特别熟悉，但是他的作品还是非常不错的。我们一起先来赏析这首《唐多令·惜别》。

  要是问"愁"字怎么写，大家肯定脱口而出，上边一个秋下边一个心，虽然大家说得不错，但是太过直白，没有诗意。如果用富有诗意的语言该怎么说呢？吴文英给了我们答案"离人心上秋"，简单的五个字却极具画面感，秋天本来就容易让人伤感，再加上离别，可以说是伤感之至了。"纵芭蕉，不雨也飕飕"，芭蕉叶大，下雨时雨滴拍打会有很大的声音，惹人心烦，可是现在作者却说即使不下雨，芭蕉叶在风中飕飕的声音也令人感到心烦意乱。都说夜晚清凉，但是作者却不敢登楼，原因不过是怕看见天空中的明月引起伤感之情罢了。我们在分析诗歌情感内容时一定要抓住典型意象来分析，比如上片中用了"芭蕉"和"明月"这两个意象，芭蕉在诗词中往往是添愁惹恨的事物，比如"红了樱桃，绿了芭蕉""芭蕉不展丁香结，同向春风各自愁"；明月是我们在诗词中很常见的意象，一般是用以表达思乡之情，比如"举头望明月，低头思故乡""春风又绿江南岸,明月何时照我还"。再来看下片,往事像梦一样悠悠,就像是花开花落,也像是烟波浩渺的江水滚滚东流。成群的燕子已经飞回南方的故乡,只有我这游子还在客居他乡。垂柳丝丝系不住心上人的裙带,却牢牢地拴住我的行舟。言外之意还是说自己回不了家乡的无奈。我们今天遇到烦闷伤感的事可能会在朋友圈里诉说自己的情感,尽管大家的文案都很有文艺范,但却没有谁能做到把自己的情感和想法写成一首诗的,这也是我们和古人的差距。再来看吴文英的另一首词:

听风听雨过清明。愁草瘗花铭。楼前绿暗分携路,一丝柳、一寸柔情。料峭春寒中酒,交加晓梦啼莺。西园日日扫林亭。依旧赏新晴。黄蜂频扑秋千索,有当时、纤手香凝。惆怅双鸳不到,幽阶一夜苔生。

(宋·吴文英·风入松·清明)

这是写在清明时节的一首词。要说关于清明节的诗词,大家最熟悉的应该是杜牧的那首《清明》,今天给大家介绍了吴文英的这首词后,希望能对大家日常的积累起到补充。清明是二十四节气之一,"清明前后,种瓜点豆"清明意味着一年中劳作的开始,清明也是我们国家的法定节假日,扫墓祭祖是这一节日的传统风俗。我们中国人有很深厚的追思怀远的情怀,所以每年的清明我们都会看到家家户户去祭祖。当然中国人祭祖不止清明这一个节日，尤其是北方，在每年的农历十月一，还有寒衣节，这个节日与清明类似，也继承了祭扫的传统。这里还想提醒大家，看到一首诗词，希望大家不要只为了将其背过而背诵，在诵读古诗词时一定不能机械化的将诵读等同于背诵。经典的古诗词当然要背诵，但是在背诵的过程中希望大家能有意识地想象诗歌中所描绘的画面，体味诗人所要表达的情感，完整立体地品味诗歌内涵。

蒋捷：流光容易把人抛

少年听雨歌楼上。红烛昏罗帐。壮年听雨客舟中。江阔云低、断雁叫西风。

而今听雨僧庐下。鬓已星星也。悲欢离合总无情。一任阶前、点滴到天明。

（宋·蒋捷·虞美人·听雨）

雨，总是能唤起人们的种种情思："夜阑卧听风吹雨，铁马冰河入梦来"，雨让陆游老当益壮，不坠青云之志；"空山新雨后，天气晚来秋"，雨让王维恬然自适，饱览山林野泉之乐；"梧桐更兼细雨，到黄昏，点点滴滴"，雨让李清照黯然伤魂，心系远方梦中人；"满目山河空念远，落花风雨更伤春"，雨让晏殊伤春悲己，感叹时光易逝；"水光潋滟晴方好，山色空蒙雨亦奇"，雨让苏轼，见证西湖朦胧多姿的美……同样的雨带给人的是不同的感受，即使是同一个人在人生的不同阶段面对雨也会产生不同的感受，蒋捷的《虞美人·听雨》便是记录自己不同时期听雨感受的一首词。

"少年听雨歌楼上。红烛昏罗帐。"少年的时候在歌楼上听雨，红烛经过罗帐的遮挡更加显得昏暗了。"歌楼""红烛""罗帐"这些意象的交织让我们想象到这是一个在歌楼上推杯换盏、纸醉金迷、寻欢作乐、无忧无虑、享受生活的少年，屋外的雨就像生活中的一个点缀，稀松平常似乎没有什么值得注意的。到了中年，"壮年听雨客舟中。江阔云低、断雁叫西风"，自己客身在一叶孤舟之上，看着宽阔的水面，压得很低的乌云，西风中还伴随着孤雁的哀鸣，在凄凉之中势必会掺杂着说不出的乡愁、孤独、伤感、悲凉，年少时遇雨的欢欣已经荡然无存。等到老年时"而今听雨僧庐下，鬓已星星也"。一位头发花白的老人独自于僧庐下听雨，想必此时他的内心要比中年时听雨的心情更为复杂。蒋捷生在宋元朝代更替之际，一生经历了社会动荡的时代以及国破家亡的深悲剧痛，在体味过世事的变迁后，人们对于生活往往能得出最为深刻、真切的体会。回首自己个人的一生再加上国家在弥留之际的垂死挣扎，作者体会到"悲欢离合总无情。一任阶前，点滴到天明"。人总是要经历悲欢离合的，而这一切又都是那么无情，索性就对它淡然处之，就像这阶前的雨，让它独自滴到天明吧。作者这样的感慨似乎是饱经沧桑后的释然，但这释然中依旧夹杂着令人心酸的无奈。

蒋捷在南宋末年中了进士，但那时风雨飘摇的国家没有给蒋捷的仕途带来什么太大的意义。不久南宋灭亡，蒋捷甘于贫贱，隐居江湖，拒绝出仕元朝，君子固穷，风骨凛然，留下《一剪梅》《虞美人》等经典词作。从词彩和内容上看，蒋捷处于末世但词风不亚于宋朝鼎盛时期，蒋捷在南宋灭亡的时刻又为宋词亮起了一道高光。蒋捷和周密、王沂孙、张炎并称宋末四大家。

清代张潮《幽梦影》中有这样一句话："少年读书，如隙中窥月；中年读书，如庭中望月；老年读书，如台上玩月，皆以阅历之浅深，为所得之浅深耳。"这句话所表达的意思与蒋捷《虞美人·听雨》中所阐述的意思很是接近，一个人面对同样的事物在不同时期会有不同的看法与感慨，这其中的变化归因于个人自身阅历的丰厚。可见阅历可以使人从幼稚走向成熟，从浅薄走向睿智。无论是宋诗还是宋词，它们的一个显著特点就是富含理趣，将人生哲理与诗词之美相融合，让人们得以在品味诗词之美的同时感悟人生的真谛，带给人们美与智慧的双重收获。

一片春愁待酒浇。江上舟摇，楼上帘招。秋娘渡与泰娘桥，风又飘飘，雨又萧萧。何日归家洗客袍？银字笙调，心字香烧。流光容易把人抛，红了樱桃，绿了芭蕉。

（宋·蒋捷·一剪梅·舟过吴江）

这首《一剪梅·舟过吴江》大致是蒋捷在南宋亡国后流寓在江苏太湖一带时所作，也是蒋捷的代表作品，因为此词蒋捷有了"樱桃进士"的称号，这首词同样是诉说自己流寓他乡的苦闷。春光本是最明媚的，可是因为作者是在漂泊，面对美景也没有了欣赏的兴致，满腔的愁绪融入烂漫的春光中，春愁似海，只能通过喝酒来排遣心中的苦闷。所乘的小舟在江上飘摇，酒楼的旌旗在岸上招摇，船只即使是经过秋娘桥和泰娘桥也没有欣赏的兴趣，原本借酒消愁的想法又被那飘来的风雨给吹散了。也不知道什么时候才能回到家乡洗客袍，与家人一起调笙，点燃心形的香。时光是那么的容易流逝啊，人们永远也赶不上时光的脚步，在时光的步履匆匆中，樱桃红了，芭蕉也变绿了。今天我们想要抒发时光易逝的感慨时，很自然就会引用到蒋捷的这句"流光容易把人抛，红了樱桃，绿了芭蕉"。人生一世，草木一秋，我们能够在植物的身上看到一年四季的轮回，而对于人来说生命周期虽然较长却无法第二次享受人生，所以在永恒的时光面前，我们是那么微不足道，我们所能做的也只能是好好珍惜眼下的时光，减少自己的人生遗憾。

唐寅：赏心乐事共谁论

雨打梨花深闭门。孤负青春，虚负青春。赏心乐事共谁论。花下销魂，月下销魂。

愁聚眉峰尽日颦。千点啼痕，万点啼痕。晓看天色暮看云。行也思君，坐也思君。

（明·唐寅·一剪梅）

唐寅，这个名字若是听起来有几分陌生，那唐伯虎这个名字想必一定是妇孺皆知的。唐寅，字伯虎，号六如居士。我想大家熟悉唐伯虎应该是从《唐伯虎点秋香》开始的，无论是从小说里，还是从影视作品中，唐伯虎这个风流才子的形象一定是深入人心的。唐伯虎确实是一个才子，他精通书法、绘画、诗文，与祝允明、文徵明、徐贞卿并称为"吴中四大才子"。今天我们就一起来走进唐寅。

先来看唐寅的这首词。第一句"雨打梨花深闭门"原是出自宋代词人王重元的《忆王孙·春词》中"萋萋芳草忆王孙。柳外楼高空断魂。杜宇声声不忍闻。欲黄昏。雨打梨花深闭门。"很显然唐寅直接引用了王重元的句子。深闭房门只听得门外雨点打落梨花的声音,就这样辜负了青春年华,虚度了青春年华。即使有美好的事情又能与谁一起谈论呢?独自一人在花下黯然神伤,在月下黯然神伤。终日凝聚的眉头犹如起伏的山峦,脸上流下千点啼痕,万点啼痕。从早到晚一直看着天色,真是走路也想你,坐下也在想你。这首词又是以思妇口吻写出的闺怨词,词中刻画的这位思妇的一举一动都流露着对自己心上人的思念。此外,唐寅还写过一首《一剪梅·红满苔阶绿满枝》同样是表现女子的相思之情:

红满苔阶绿满枝。杜宇声声,杜宇声悲。交欢未久又分离。彩凤孤飞,彩凤孤栖。别后相思是几时。后会难知,后会难期。此情何以表相思。一首情词,一首情诗。

(明·唐寅·一剪梅)

杜宇就是杜鹃,在诗词中多为凄情的代名词。女子与心上人团聚没多久又要分离,而且不知道什么时候才能再见面。这样的情思怎么来表达呢?只好通过一首又一首的情词与情诗来表达了。唐寅在仕途上没有太大的作为,因被会试泄题案牵连，唐寅便主动辞官，此后他的精力就主要放在了诗文创作和绘画上。

"头上红冠不用裁，满身雪白走将来。平生不敢轻言语，一叫千门万户开。"这是一首七言绝句，或者也可以说是一个谜语，大家来猜猜诗里说的是什么？应该比较明显说的就是公鸡，这首诗的题目就是《画鸡》，唐寅是诗人也是画家，也只有对日常生活中的事物进行如此细致的观察才能画出栩栩如生的作品来。再来看一首唐寅的诗《桃花庵歌》，这首诗可谓将唐寅身上的那股淡泊名利、看透世俗的恣意洒脱完美地表现了出来。

桃花坞里桃花庵，桃花庵下桃花仙。桃花仙人种桃树，又摘桃花换酒钱。

酒醒只来花下坐，酒醉还来花下眠。半醒半醉日复日，花落花开年复年。

但愿老死花酒间，不愿鞠躬车马前。车尘马足富者趣，酒盏花枝贫者缘。

若将富贵比贫贱，一在平地一在天。若将花酒比车马，他得驱驰我得闲。

别人笑我忒疯癫，我笑他人看不穿。不见五陵豪杰墓，无酒无花锄作田。

唐寅在这首诗中刻画了这样一位桃花仙子：用自己种的桃花去换酒，喝醉了就在桃花树下睡觉，酒醒了还在桃花树下坐。一天中半天清醒半天醉酒，就这样度过一年又一年。这位桃花仙子只愿意在桃花美酒间慢慢老去，不愿出去做官在人前鞠躬逢迎。大家都知道富贵与贫贱之间的差距就好像一个在天上一个在地上，别人追求富贵趋走奔驰而我坚守清贫的生活安闲自得。别人都笑话我太疯癫太傻了，而我却笑别人看不穿世事。去看五陵豪杰的墓前，没有花也没有酒都被人锄作了田地。五陵豪杰墓指的是汉代五个皇帝的陵墓，后来五陵也被人用来代指富贵人家，五陵豪杰尚且不能将富贵永远保存，死后自己的陵墓还会被当作最普通的田地，我们普通人费尽心思再去追逐富贵还有什么意义吗？与其说这是唐寅着意刻画出的桃花仙子，我更觉得桃花仙子就是唐寅本人，他舍弃功名看透人生，无疑是一位智者。

李白前时原有月，惟有李白诗能说。李白如今已仙去，月在青天几圆缺？

今人犹歌李白诗，明月还如李白时。我学李白对明月，白与明月安能知！

李白能诗复能酒，我今百杯复千首。我愧虽无李白才，料应月不嫌我丑。

我也不登天子船，我也不上长安眠。姑苏城外一茅屋，万树桃花月满天。

此等豁达与狂放，也只有看清世事的唐寅能做到。

杨慎：浪花淘尽英雄

滚滚长江东逝水，浪花淘尽英雄。是非成败转头空。青山依旧在，几度夕阳红。白发渔樵江渚上，惯看秋月春风。一壶浊酒喜相逢。古今多少事，都付笑谈中。

（明·杨慎·临江仙）

这首词大家应该不陌生，小说《三国演义》开篇第一首词就是这首《临江仙·滚滚长江东逝水》，电视剧《三国演义》的片头曲也是由这首词改编而成，由男中音歌唱家杨洪基老师演唱，他的声音中别有一番历史沧桑之感，也将这首词中所包含的慷慨悲壮体现了出来。我们看歌唱家在舞台上演出，不知大家有没有注意，在节目开始的时候字幕不仅仅给大家介绍今天演唱的是哪一首歌曲，演唱者是谁，还会介绍词作者和曲作者。一首歌曲的制作首先要有词作家把歌词写出来，然后交给曲作家谱曲，最后交给演唱家演唱，这是一首歌能够为我们所听到需要的流程。今天我们来说一说《临江仙·滚滚长江东逝水》这首词的作者杨慎。

杨慎，字用修，初号月溪、升庵，明代著名文学家，明代三大才子之首。杨慎自幼聪颖好学，在他二十一岁参加会试时，主考官已经将杨慎的文章评定为第一名，不想因为烛花烧坏了试卷，杨慎很不幸名落孙山。这一个小小意外并没有打击杨慎积极进取的心志，终于在二十四岁时，他在殿试上考了第一名，也就是我们常说的中了状元。古代考试也是一级一级来的，第一关叫作乡试，每三年举行一次，又因考期在秋天，所以也有"秋闱"的说法。在参加乡试之前，读书人的身份都是童生，通过了乡试，读书人便可以称为举人，乡试的第一名叫作解元。在这里大家要注意一下童生的概念，不是说年轻的小孩才是童生，而是只要没通过乡试考试的读书人都叫童生，假设有一个人都四十了，还没考过乡试，那他还得叫童生。接着第二关会试，会试在举行乡试的第二年开考，考期在春天，所以也被称为"春闱"。通过了会试的举人们便可称为贡士，会试的第一名叫作会元。刚刚我们说到杨慎会试失利，也就是说杨慎已经有了举人的身份，只不过还没有成为贡士。最后是第三关殿试。殿试是最高等级的考试了，一般都在京城举行。通过了殿试的贡士们便可称为进士，殿试第一名叫状元，第二名叫榜眼，第三名叫探花。自此读书人完成了身份的转变，由白丁变成了"国家公务员"。如果有一个人在乡试、会试、殿试中都是第一名，我们就说这叫"连中三元"。杨慎通过了殿试，自然就可以做官了，但是他的仕途却是比较坎坷的。当时的明武宗疏于朝政，且极为贪玩，屡次封自己为"镇国公"，然后以镇国公威武大将军的名号出京四处巡游。杨慎作为大臣面对荒唐的皇帝，屡次上书言辞犀利地指责皇帝"轻举妄动，非事而游"，劝诫皇帝不要再这么胡闹，可人家根本就不搭理杨慎，杨慎无奈，只好称病告假，返回故里。

武宗死后，明世宗继位，任命杨慎为翰林院修撰，嘉靖年间杨慎参与编撰《武帝实录》。杨慎利用给世宗讲书的机会，常常给新皇帝提一些治理国家方面的建议。尽管杨慎说的都对，但久而久之皇帝便觉得杨慎烦，杨慎因性格耿直又向来与朝中的权臣杨廷和等不睦，所以杨慎就被贬官至云南，而且这一贬就是三十多年。被贬期间杨慎写下过很多关于云南的诗词，开篇为大家介绍的《临江仙·滚滚长江东逝水》就是杨慎被贬云南时期所作。下面我们一起来赏析这一首词：滚滚长江向东流逝，浪花淘洗尽了千古英雄。这两句和苏轼《念奴娇·赤壁怀古》中的"大江东去，浪淘尽，千古风流人物"所要表达的意思是一致的。是非成败转眼就已成过往，只有青山依旧，矗立在如血的夕阳中。渔船上白发苍苍的隐士日日出没在江上，早就习惯了一年年秋月春风的变化。与朋友见面喝一壶浊酒,欣喜能够相逢。古往今来多少事,都在人们的笑谈中。我们读这首词自然而然会有一种历史的浑厚感,虽慷慨悲壮,但也蕴藏着几分淡泊宁静。"滚滚长江东逝水"这是一个浪花奔涌的动态画面,"青山依旧在,几度夕阳红"这就是一个恬淡静谧的画面,这一动一静之间承接着岁月的绵延与更迭。

下片中塑造的白发渔樵者,虽然自己已经老去了,但是他能洞彻人生,看淡荣辱。历史上的英雄豪杰的人生一定比这个老渔夫的人生精彩,可又能怎样呢?千百年过后,当初的英雄豪杰也只能成为后人茶余饭后的谈资。所以说这首词给我们的启示是要学会看淡人生的荣辱。历史长河滚滚而逝,我们只是历史进程中的一个小角色,人的一生很短暂,实在不用去强求什么,我们今天的是非成败早晚会变成过眼云烟,并不会是永恒。做好自己,安心当下便是最智慧的选择,杭州灵隐寺中有一副对联,在这里与大家共勉:"人生哪有多如意,万事只求半称心。"

柳如是：伤心事，君知否？

人去也，人去凤城西。细雨湿将红袖意，新芜深与翠眉低，蝴蝶最迷离。

（明·柳如是·望江南其一）

人去也，人去鹭鹚洲。菡萏结为翡翠恨，柳丝飞上钿筝愁。罗幕早惊秋。

（明·柳如是·望江南其二）

这两首词是明末清初著名才女、爱国侠女柳如是的作品。柳如是在明亡后积极变卖家财资助南明小朝廷抗清，和一代文宗钱谦益有着凄婉的爱情故事，关于她的传说特别多而且很精彩。柳如是出生在明朝特别神奇的一个时代，万历年间。

说到明朝那些事，不能不提万历朝。在万历一朝。不但有着长年累月不上朝的神宗皇帝，还有着力挽狂澜推行一条鞭法的首辅张居正，天不怕地不怕能让权贵和贪官污吏闻风丧胆的海瑞海青天，荡平东南倭寇的戚继光，传奇文人徐文长，还有威镇东北的辽东巡抚李成梁等等，今天巍峨的万里长城有许多段都是万历时期修筑的。万历皇帝即位早期，正赶上明朝内忧外患都渐渐上升的阶段。他年龄还小，国家就由张居正代为执掌，大明朝旧貌换新颜，国力又有了起色。张居正死后，颇具逆反心理的万历把自己天天尊为"元辅"的张师傅彻底搞臭了。他自己也退隐后台，开启了常年不上朝不见大臣的无为而治。但万历皇帝又在位极长，明朝的许多大事都发生在他在位的时期，这许许多多的人事，就在他不上朝的情况下，纷纷由一班能臣名将给摆平了。不得不说万历皇帝的无为而治还真耐人寻味，难怪他死后的谥号是个"神"字，这个字就包含看不懂、看不透的意味。

比如万历朝，东北努尔哈赤的后金势力渐渐崛起，逐步进逼明朝，但万历任用的李成梁父子先后镇守辽东，成功压制了后金多年。万历朝还赶上了国际战争，刚终结战国时代一统日本的关白丰臣秀吉起大兵侵入朝鲜，朝鲜求救，万历在后台启用了李成梁之子李如松和老将邓子龙入朝，也成功打退了日本，恢复了属国朝鲜的平安。历史学家黄仁宇有一本著名的著作《万历十五年》，就是把万历时期的历史人物和大事交织在一年内，从一个侧面为我们展示了丰富的大明风华。

在万历皇帝在位的第四十六个年头，柳如是出生于江南，幼年孤苦飘零，后被卖到青楼由妓女养大，自小聪慧非常，读书也是过目不忘。柳如是出身风尘是她的不幸命运使然，这和我们前面介绍的严蕊一样，不是爱风尘，似被前缘误。之后，年纪稍长的柳如是又被卖到一个退休的周学士家为妾。周学士常教如是诗文，好景不长，周学士病逝，柳如是被赶出周家，流落松江一带。她经常女扮男装，和明末士大夫云集的复社、东林党人交往，议论天下，往来诗文。这时候已经是崇祯年间了，马上更大的山河巨变就要到来。崇祯十四年，柳如是在山雨欲来风满楼的时代，嫁给了当过礼部侍郎的东林领袖钱谦益为妾，钱谦益是名满天下的文人，在和柳如是这绝代佳人的交往中留下了许多浪漫的传说。柳如是叫如是，钱谦益就把书斋叫作我闻斋。"如是我闻"是佛经前的一句标记，足见钱谦益对柳如是用情之深。

但打碎这对才子佳人温馨小梦的是明清鼎革。李自成入京崇祯死在煤山后，清兵由本来负责防守山海关的明朝总兵吴三桂接引大举入关。明朝的宗室官僚大都南逃，此时形成了南北对峙，淮河以北是清兵占领，淮河以南名义上还是明朝。散落在南方各地的明朝藩王，纷纷在大臣拥立下建立小朝廷抵抗清兵，这些小朝廷统称为南明。最先立国的是福王朱由崧，在南京宣布监国，后称帝，建立弘光朝。坚持抗清最久的是桂王朱由榔建立的永历朝，坚持到顺治十八年才被吴三桂剿灭。永历帝朱由榔最后躲入缅甸，但可惜被吴三桂攻入缅甸所擒，杀害于昆明，此时的吴三桂已经是清朝的平西王了。

弘光朝建立后，钱谦益在南京当了南明的礼部尚书，但无奈南明小朝廷毫不吸取明朝覆亡的教训，宦官横行，官僚腐败，大将拥兵自重，百姓民不聊生。所以如此南明政权是不足以抵抗清兵的，小朝廷纷纷覆灭。南明兵部尚书史可法孤军死守扬州，一身挡清军主力，在南明诸军作壁上观见死不救的情况下，壮烈殉国。史可法的扬州一失，南京也瞬间陷落，带头迎降的就是平时颇具风骨大言道义的文坛领袖钱谦益。柳如是的心碎了，她希望自己托付终身的男人是个壮怀激烈的男儿，但没想到钱谦益带头降了清朝。还有一个传说更加戏剧化，就是崇祯死讯传来，国破家亡之际，柳如是和钱谦益相约同死共赴国难。二人坐小船下湖，行到湖心，钱谦益忽然说水冷，不跳了。柳如是则奋不顾身跳湖，被钱谦益死命拉住。生死之际，柳如是风骨凛然胜多少屈膝男子数倍。柳如是和马湘兰、卞玉京、李香君、董小宛、顾横波、寇白门、陈圆圆并称"秦淮八艳"。这八位出身低微的风尘女子，在明亡清兴之际，都卷入了山河巨变之中，在时代悲剧前，爆发出了惊人的人格魅力。比如《桃花扇》的女主李香君，血溅桃花也不忘家国大义。还有令吴三桂冲冠一怒为红颜的陈圆圆，更是背负了红颜祸水的骂名。

回到柳如是，面对降清的钱谦益，柳如是选择了分手，钱北上为官，柳则留在了江南，继续孤苦伶仃。柳如是经常捐出财物资助南方的抗清志士，还不畏惧风险，侠骨柔情尽显。柳如是的气节让钱谦益对自己的降清也悔恨不已，须知钱只是懦弱，但并非甘心降清。后来钱谦益因事被牵连下狱，官位也没保住，族人则争夺家产，无人关心他死活。这时是柳如是变卖所有，女扮男装进京，上下奔走，最终营救钱谦益出狱。估计钱谦益至此才真正懂得柳如是的侠骨冰心。我们来看柳如是的《金缕曲》，这个词牌容纳的字数多，便于倾诉心声。

雾锁白门柳，似春来、秦淮淡月，桃红依旧。翠帐容颜凭谁晓，寂寞人儿独瘦。黯香枕、雨疏风骤。二十三年如一梦，对白头，莫道能销久。伤心事，君知否？

冰心玉色藏清袖。叹新愁、芳颜怎耐，暮霜惊皱。满腹诗文忧池冷，李杜何堪共守。只半面、寒梅空秀。长恨当年轻卧子，卷黄裙、青眼人归后。无尽夜、付残酒。

（明·柳如是·金缕曲）

白门柳，秦淮淡月，雨疏风骤。这些意象堆叠而来令人想到了当时山河巨变的动荡与飘摇。寂寞人儿独瘦，伤心事，君知否？这寂寞人儿独瘦的身影，就是柳如是身世浮沉雨打萍的写照。"满腹诗文忧池冷，李杜何堪共守？"

诗文写的再多，也挡不住山河破碎的悲风之冷。

康熙三年，横跨明清两代的文豪钱谦益去世，族人想侵吞家产，柳如是为保护钱谦益家产，自缢于钱家，用一死吓退了恶棍。当年救柳如是出风尘的是钱谦益，救钱谦益出大牢和死命护住钱家家产的是柳如是。柳如是用一死一生报答了她倾慕过也鄙视过的这位一代文宗。柳如是的一生是文采风流的一生，和诗词颇为有缘，她读辛弃疾词"我见青山多妩媚，料青山见我应如是"就改名如是。又有诗"此去柳花如梦里，向来烟月是愁端"。留下《湖上草》《戊寅草》《尺牍》等诗词集，被时人交相传诵。

三百年后，广东中山大学简陋的居室中，病榻之上，一代国学硕儒陈寅恪先生口述，助手黄萱女士记录并整理，洋洋八十万字的泣血之作《柳如是别传》正在创作中。陈寅恪先生在生命最后的日子里，为这位三百年前的侠女旁征博引，以诗证史。著述完成后陈寅恪就去世了。柳如是和为她立传的陈寅恪先生都已远去，只有词中的哀婉与深怨还在为我们讲述着那位远去的绝代佳人。让我们用这首"人去也"来结尾：

人去也，人去画楼中。不是尾涎人散漫，何须红粉玉玲珑。端有夜来风。

（明·柳如是·望江南）

李雯：人间恨、何处问斜阳

叶嘉莹先生在她的著作《清词选讲》（生活·读书·新知三联书店出版，2016年）中对清代词有很高的评价。她认为宋后，元明两代词写得并不太好，是由于元明两代盛行小曲，曲的泼辣和亲民破坏了词本身的雅致和含蓄，元明两代词人多用写曲的风格来作词所以难以有较高的突破。而到了清朝，特别是明末清初，天下动荡，满清入关，文化上有了激烈碰撞，许多由明入清的词人由于感受到了国破家亡山河异代，心念故国但又生活在清朝，很多话不能明说，感情也非常复杂。在词的创作上又恢复了宋词含蓄雅致，追求言外之意和韵外之致的美学传统，所以清词是契合宋词经典理念的。下面我们看一首清词，作者是李雯。

谁教春去也？人间恨、何处问斜阳？

见花褪残红，莺捎浓绿，思量往事，尘海茫茫。芳心谢，锦梭停旧织，麝月懒新妆。杜宇数声，觉余惊梦；碧阑三尺，空倚愁肠。

东君抛人易，回头处、犹是昔日池塘。留下长杨紫陌，付与谁行？想《折柳》声中，吹来不尽；落花影里，舞去还香。难把一樽轻送，多少暄凉。

（清·李雯·风流子）

李雯生于明末，是松江华亭人，就是今上海松江人。和陈子龙、宋征舆并称"云间三子"，在明末就已经闻名海内了。但是清兵入关，李雯和好友陈子龙的生活轨迹发生了天壤变换。陈子龙在山河破碎之际拉起了抗清大旗，在松江一带和清兵激战，最后壮烈牺牲。陈子龙的学生，年仅十七的夏完淳也在兵败后选择了舍生取义。据说清兵统帅是由明归降的洪承畴，洪承畴也是文人出身，爱惜夏完淳的才华，曾说如此年轻的孩子，懂什么反叛，欲为夏完淳开脱。但夏完淳却和他老师陈子龙一样，铁骨铮铮，不但不领情，还辛辣地讽刺洪承畴，说你肯定不是洪承畴，我听说洪承畴是大明忠烈，早就壮烈殉国了，怎么会是投降清朝的一个奴才呢？所以夏完淳写下了"已知泉路尽，欲别故乡难"的《别云间》之后，就英勇就义了。

李雯的老乡故旧都这样壮怀激烈的抗清时，李雯却正遭逢清兵入关。清兵进入北京城时，李雯正因为父亲守孝而流落京城，为盛名所累，很快就被清廷征召。在历史风云变化之际，李雯成了清朝的中书舍人。而此时明朝残余的藩王势力正建立南明小朝廷和清兵抗衡，南明的兵部尚书史可法正死守扬州，清摄政王多尔衮想劝降史可法，需要一封劝降书。但是多尔衮是满人，汉文不是很精通，况且他是摄政王，是清廷实际上的一把手，写个文章的事自然有秘书效劳，那封著名的《劝史阁部》，传说就是出自李雯之手。后来自然是史可法壮烈殉国名满天下，为士大夫传颂不已，而写了劝降书，在清朝为官的李雯自然是压力山大，有口难言。他的文才让他在清朝仕途顺利，李雯后又担任顺天府乡试的主考，清朝对他是极为看重的。但李雯心里始终是有着风骨气节上的愧疚的，这种愧疚在他回到松江看到陈子龙和夏完淳的坟墓时，尤为强烈。所以在顺治四年，李雯借口运送父亲棺椁南归，就辞官归乡了，归乡不久，李雯病逝。这一年是顺治四年，陈子龙兵败被俘，投河自尽也是同一年。一对好朋友，同年死去，而留下不同的人生际遇任人评说。

李雯将一生羞惭又无可奈何的心境化为词作。谁教春去也？人间恨、何处问斜阳？李雯的人间恨，绝不是什么男女相思之恨，而是家国之恨，气节之恨。见花褪残红，莺捎浓绿，思量往事，尘海茫茫。了解了李雯的历史和遭遇，对于他的思量往事也就能有一些真切感受了。留下长杨紫陌，付与谁行？这里的行字，不要念 xíng，应该读

háng。付与谁行，就是都交给谁那里？行是宾语。长杨紫陌是春去了，春去后，都城的道路都交给谁？这是这一句的真意。刘禹锡"紫陌红尘拂面来"，紫陌是长安的大道。杨雄的《长杨赋》，是写汉朝皇宫的长杨宫，长杨紫陌放在这里，就是代指京城了。京城经过了政权更迭，多少长杨紫陌都换了主人，所以叫付与谁行。品词要精细，每个字，每个典故要先弄清，然后才能较好地体会词人的心境。词和诗一样，饱含丰富的历史背景，品词要善于从词的字里行间看到词背后的历史文化，借由丰富的历史文化信息再来反观词作本身，这样才能更好地走进中华诗词的意蕴内涵。

　　清人吴骐在读李雯的诗文以后，曾经作了一首七绝："胡笳曲就声多怨，破镜诗成意自惭。庾信文章真健笔，可怜江北望江南。"诗中把同样遭遇的李雯比作了南北朝时本是南朝文人却流落北方被迫为官的庾信，一句"破镜诗成意自惭"写出了李雯的心境和无奈。

纳兰性德：当时只道是寻常

谁念西风独自凉，萧萧黄叶闭疏窗，沉思往事立残阳。

被酒莫惊春睡重，赌书消得泼茶香，当时只道是寻常。

（清·纳兰性德·浣溪沙）

词的发展到了清代也出现过一个短暂的辉煌时期，清代的阳羡词派、浙西词派、常州词派等派别的涌现为词这一文体不断注入生机和活力。说到清代的词人，最著名的应该还要说是纳兰性德。为什么大家如此推崇纳兰性德，究其原因还是他的才情，在他的才情背后是他显赫的家族，这些都是常人难以企及的。用我们现在的话来讲，纳兰的人生几近完美，也许正是因为纳兰的完美才让这么多的人喜爱他。这一节我们就来讲讲纳兰性德这位风流才子。

要说纳兰性德得先说说纳兰的家族。纳兰的父亲纳兰明珠是康熙朝的一代权臣，他的母亲是英亲王的女儿，后被封为一品诰命夫人。纳兰性德出生于北京，除了拥有人人羡慕的北京户口以外，他的家族还跟皇室有着千丝万缕的关系，他们一家是不折不扣的贵族。正是因为这样，纳兰性德的生活发展具有先天的优势，他在十七岁时就进入国子监学习。国子监可以理解为是学校，但这可不是一般人家的孩子能进的，都是朝廷大官家的孩子才能有机会进入国子监学习。二十二岁时纳兰考中了进士，能在二十二岁就考中进士真的是非常不容易了。我们都听过范进中举的故事，范进四十多了才刚刚中了举人，这跟纳兰的差距可不是一点半点。康熙皇帝爱慕纳兰的才华，特意将纳兰留在自己身边做三等侍卫，不久又提拔为一等侍卫。康熙几次南巡都带着纳兰在自己身边，从这里我们也能看出来纳兰当时多么受皇帝的器重。纳兰这样一位才子身边自然少不了美人相伴。纳兰的妻子是当时两广总督的女儿卢氏，纳兰与卢氏恩爱有加，可惜的是卢氏在嫁给纳兰三年后就病逝了。纳兰伤心欲绝，写下过很多悼念亡妻的作品，开篇的那首《浣溪沙·谁念西风独自凉》便是其中一首。谁会在西风中独自感叹悲凉？为了不看萧萧的黄叶惹人产生无尽的悲伤只好关上窗户。我独自一人站在残阳之下回忆往事：在春日喝醉酒后，卢氏会为我盖上被子怕我着凉，回想起和她在一起时也曾做过赌书泼茶的游戏，在当时觉得这些都是最寻常不过的事情，而现在却物是人非了。全词上下两片，一写我如今生活的悲凉，这种悲凉更多是心灵和情感上的；一写往昔时与妻子在一起的欢乐时光，在今日的凄凉与往日的欢欣的对比中，词人孤独寂寞的情感愈发凸显，字里行间透露的都是对亡妻的怀念。一句"当时只道是寻常"道出了多少人心中的无奈，我们往往都会这样，疏忽我们认为平淡无奇的日常，终有一日会突然想起原来过往也是如此美好。

残雪凝辉冷画屏，落梅横笛已三更，更无人处月胧明。我是人间惆怅客，知君何事泪纵横，断肠声里忆平生。

这首《浣溪沙·残雪凝辉冷画屏》的具体创作时间不详。词人在这首词中说自己是"人间惆怅客"，上片中"残雪""凝辉""落梅"三个意象让整首词的氛围变得肃杀清冷，很符合"惆怅客"的心理特征。作者在雪夜独自徘徊惆怅，在令人断肠的笛声中回忆过往。或许我们并不理解一生衣食无忧且仕途顺遂、饱享荣华的纳兰到底都有哪些忧愁，但是我们能从他的词中感受到纳兰确实是一个心思细腻之人。纳兰的词大都收录在他的词集《饮水词》中，一度有"人人争唱饮水词，纳兰心事有谁知"的说法。也许纳兰的心思我们今天也不能一一了解，我们能做的就是从他的一篇篇诗词中感悟纳兰的情怀。

人无千日好，花无百日红，纳兰明珠凭借着自己在议撤三藩、抗御外敌等事关大清前途命运的重大事件中所作的努力换回了纳兰家族的满门荣耀。可随着明珠手里的权力越来越大，他开始独揽朝政贪财纳贿，又与索额图相互斗争，再加上其他大臣们的弹劾，康熙最终决定要打压纳兰一党，废除了明珠大学士的身份。明珠早年间风光无限，不承想到了晚年却失意颓唐。随着明珠的失势，整个纳兰家族也逐渐败落，谁也没能料到那才华横溢的纳兰性德竟然在三十岁的时候就因病与世长辞。若干年后明珠也病故了，昔日无比辉煌的纳兰家族最终在历史舞台上仓皇谢幕。有人说《红楼梦》中的贾家就是曹雪芹以纳兰这一家族为原型进行改编的，当然这种说法现在无从可考，但确实小说中贾府的遭遇与纳兰家族的遭遇有几分相似。纳兰性德的词并没有随着纳兰性德的逝去而丧失了韵味，千百年后我们重读纳兰词依然会有"人生若只如初见"的感觉。

辛苦最怜天上月，一昔如环，昔昔都成玦。若似月轮终皎洁，不辞冰雪为卿热。

无那尘缘容易绝，燕子依然，软踏帘钩说。唱罢秋坟愁未歇，春丛认取双栖蝶。

（清·纳兰性德·蝶恋花）

纳兰先从天上的月亮说起。月亮一个月中只能有一天是圆的,其他时间都是不圆的,就好像那有缺角的玉一样。月亮本是不会发热的,但是为了爱的人也不惜舍弃那股清凉去为她发热。这句话本是化用了荀粲的故事。传说荀粲与妻子伉俪情深,有一次他的妻子在冬天发高烧,荀粲就脱掉自己的上衣跑到屋外的雪地上躺下,等到自己的身体冰凉后回屋给妻子降温。相信对于卢氏,纳兰也心甘情愿"不辞冰雪为卿热"。但令人无奈的是这一切都结束了,纳兰能做的只能是面对着卢氏的坟冢,揪心地看着那围绕着坟冢来来回回飞舞的蝴蝶。

纳兰有着"清朝第一词人"的美誉,他的词集分别叫《侧帽集》《饮水词》。说到"侧帽"这个词,它的出处本是侧帽风流独孤信的故事。独孤信是隋文帝的岳父,年轻的时候十分英俊,大家也都知道他的美貌,可以说独孤信在当时也是一个偶像级的人物。有一天独孤信出城打猎,不觉中天色已晚,于是就要骑着马狂奔回城,因为古时的城门在晚上都是会关闭的,如果不及时赶回去就不能进入城里了。独孤信一路快马加鞭总算是在城门关闭之前回到了城中。独孤信只顾着骑马根本就没有注意到自己的帽子已经被风吹得歪倒在一边。这本来是一件很正常的事,但是等到独孤信第二天开门时一看,大街上老老少少的帽子都是歪戴着的。通过独孤信的这个故事也再次印证了那句话:偶像的力量是强大的。

只可惜这位清朝的偶像纳兰在三十岁时就去世了。

顾贞观：季子平安否

季子平安否？便归来，平生万事，那堪回首？行路悠悠谁慰藉？母老家贫子幼。记不起，从前杯酒。魑魅搏人应见惯，总输他，覆雨翻云手。冰与雪，周旋久！

泪痕莫滴牛衣透，数天涯，依然骨肉，几家能彀？比似红颜多命薄，更不如今还有。只绝塞，苦寒难受。廿载包胥承一诺，盼乌头马角终相救。置此札，君怀袖。

（清·顾贞观·金缕曲其一）

我亦飘零久，十年来，深恩负尽，死生师友。宿昔齐名非忝窃，试看杜陵消瘦。曾不减，夜郎僝僽。薄命长辞知己别，问人生，到此凄凉否？千万恨，为君剖。

兄生辛未我丁丑，共些时，冰霜摧

折,早衰蒲柳。诗赋从今须少作,留取心魂相守。但愿得,河清人寿。归日急翻行戍稿,把空名料理传身后。言不尽,观顿首。

(清·顾贞观·金缕曲其二)

这两首金缕曲,有清词压卷之作的美誉,更被称为千古绝调。作者是顾贞观。顾贞观是江苏无锡人,号梁汾。康熙五年中举人,成为秘书院典籍。后来成为大学士明珠府上的塾师,与明珠的公子纳兰性德成为挚友。但这两阕词不是给纳兰性德的,而是给另一位知交好友吴兆骞的两封信。这两首词作开头有一段小序,说明了作词原委。序说"寄吴汉槎宁古塔,以词代书,丙辰冬寓京师千佛寺冰雪中作"。吴兆骞字汉槎,按伯仲叔季的兄弟排行所以叫季子。在明朝就是江南才子,和顾贞观诗文唱和,入清后,受顺治朝的一次科场舞弊案牵连被流放宁古塔,已经流放多年,到了康熙朝。顾贞观在接到吴兆骞从宁古塔寄来的信后,看到好友在那个四时冰雪的地方饱受严寒,心如刀绞,写了这两首《金缕曲》寄给朋友,并发誓一定营救好友回来。

"廿载包胥承一诺,盼乌头马角终相救。"包胥和乌头马角是两个典故。春秋时,伍子胥率领吴国大军攻入楚国郢都,楚国濒临亡国。楚国大臣申包胥孤身入秦,立于秦庭宫墙下,痛哭七日七夜,感动了秦哀公,秦哀公派重兵随申包胥回楚，打退了吴兵，救了楚国，也实现了申包胥对楚国的承诺。乌鸦是黑的，马不可能长角，但战国时秦王和作为人质的太子丹说除非乌头白马长角，才能放你回国。后来太子丹终于回国，还策划了荆轲刺秦王来反击强秦。这里连用申包胥和乌头马角的典故，就是让朋友放心，我顾贞观就要和当年的申包胥以及太子丹一样，有决心实现对你的承诺，一定能够营救你回家。

不知道远在黑龙江宁古塔冰天雪地的吴兆骞收到顾贞观这两首词后做何感想。吴兆骞是明末清初有名的才子，顺治年他本已考中举人，结果受那次科场舞弊案牵连，又被押解进京参加复核。复核在中南海瀛台进行，武士林立，刀枪齐举，考生还要带着刑具答卷，在此情形下，吴兆骞交了白卷，可能是紧张，也可能是对这种无端而来的灾祸的无言抗议，总之吴兆骞被打三十大板，全家流放宁古塔。从顺治年流放开始到最后因为顾贞观和纳兰性德以及大学士明珠的联合营救而放还，吴兆骞这位江南才子在宁古塔苦寒之地共流落了二十三年。"母老家贫子幼""冰霜摧折，早衰蒲柳"，都是对吴兆骞艰苦生涯的真实写照，顾贞观这两首词也因为感情真挚卓绝而成为清词的典范。

须知，顾贞观要营救吴兆骞基本是难于登天的。顾贞观未到明珠家时是毫无门路，等结识了纳兰和明珠相国后，起初恳求纳兰出手营救也是被纳兰拒绝的。因为吴兆骞的科场舞弊案是顺治皇帝钦定的，康熙又一贯以孝治天下，去翻父亲钦定的案子，基本不可能。明珠虽然是权倾朝野的吏部尚书、大学士，在不设宰相的清朝有相国之称，但是明珠这个官场达人更不会去碰触顺治朝的老案子。所以纳兰性德和他父亲保持一致，一开始并没有答应顾贞观的请托。

所以顾贞观想依靠明珠救回吴兆骞，开始是失败的。可以想象顾贞观的失望，但在"魑魅搏人应见惯"的时代，顾贞观咬定青山不放松，一次又一次地请求纳兰父子。终于在写下这两首《金缕曲》后，读到词的纳兰性德被好友的真情彻底打动，答应以五年为期，设法周旋营救吴兆骞。五年后，在明珠相国的干预下，纳兰性德和顾贞观、徐乾学等名士为吴兆骞凑足千金，以认修内务府工程的名义，用千金赎回吴兆骞。吴兆骞终于在被流放二十三年后，回到了京城。离开宁古塔时，黑龙江将军巴海派兵护送。此前巴海即感佩吴兆骞才学，聘为府上塾师，教子弟读书。顾贞观终于实现了承诺，救回了朋友。纳兰性德为吴兆骞接风，聘其为纳兰府上塾师。一时京师才子连篇赋诗祝贺，名动文坛。

但回来后的吴兆骞，或许是在塞外流放的太久，性情和心态已然失衡，和许多好友都不再来往，甚至与冒死营救他的顾贞观都发生了嫌隙。相国明珠知道后，专程引吴兆骞到府里的一间屋内，指着墙上的一幅字让他看。那墙上的字是明珠亲笔，写着"顾梁汾为吴汉槎屈膝处"。吴兆骞看到这里，禁不住号啕大哭。原来这间屋子，就是顾贞观当年为了营救他而彻夜长跪求明珠的地方。不久，吴兆骞回江南省亲，但长久的冰雪生活严重摧残了他的健康，他也适应不了江南的暑热潮湿。吴兆骞很快病重，不久就去世了。

康熙二十三年吴兆骞病逝，第二年纳兰性德也因病而去，痛失两位人生挚友的顾贞观，从此远离了京师，归隐江湖，在家乡无锡的惠山脚下、祖祠之旁修建了三楹书屋，名之为"积书岩"。从此避世隐逸，心无旁骛，日夜拥读，一改风流倜傥、热衷交友的生活。

在越加孤独和凄清的词作中，顾贞观走完了传奇一生。康熙五十三年（1714），顾贞观卒于故里。临终前将平生之诗选出四十首，授予学生去刊刻印行。自称此作皆"味在酸咸外者"。他自己说"词赋从今须少作，留取心魂相守"。但他词作的并不少，实现了对吴兆骞说的"把空名料理传身后"。

顾随：万朵红莲未是娇

如今拈得新词句，不要无聊。不要牢骚。不要伤春泪似潮。

心苗尚有根芽在，心血频浇。心火频烧。万朵红莲未是娇。

（顾随·采桑子）

这首采桑子，是民国时期享誉文坛的苦水词人顾随的作品。顾随是近现代著名的教育家兼文学家，和河北极有渊源，他长期在天津任教，是河北大学教授。顾随任教的时代，也是河北大学最为辉煌的时代之一。现在顾随先生的女儿顾之京教授继续任教于河北大学，整理了许多顾随的诗词作品。

顾随生于清末光绪年间，在1960年去世，是一位由清末到新中国的跨时代大词人。他本名顾宝随，字羡季，笔名苦水，所以在当时的文坛上苦水词人名满天下。

他的别号是驼庵，多年后，顾随先生的弟子叶嘉莹在南开大学设立驼庵奖学金，奖励年轻学子，并纪念恩师。顾随是河北邢台市清河县人，从小入私塾读书，接受了完整的旧式私塾教育。1915年考入北京大学，本来报考的是国文系，但是校长阅卷发现他的国文水平极为优异，转而劝顾随可以改学英文，丰富学识。顾随就入了北大西方文学系，从此学贯中西。北大毕业后顾随即走上了边教书边创作的教书育人之路。顾随先生先后在燕京大学、辅仁大学、北京师范大学、河北大学等校讲授中国古代文学。四十余年教育生涯桃李满天下，很多弟子早已是享誉海内外的专家学者，叶嘉莹、周汝昌、史树青、邓云乡、郭预衡、颜一烟、黄宗江、吴小如、杨敏如、王双启等便是其中的突出代表。叶嘉莹把当年上课的笔记整理出来，出版了《顾随诗词讲记》，再现了顾随的诗词课堂，旁征博引精彩纷呈。

这首采桑子，可以看作顾随教育理念的显现。"如今拈得新词句"，新词句写什么呢？是写伤春悲秋？写黯然垂泪？都不是，新时代新气象，顾随希望学子们要有蒸蒸日上的昂扬，所以是"不要无聊。不要牢骚。不要伤春泪似潮"。后半片，"心苗尚有根芽在"，这个"心苗"，就是顾随一生教学的心血所系，经历了"心血频浇、心火频烧"。最后顾随的桃李遍天下，从叶嘉莹、周汝昌开始那一串串姓名，就是这万朵红莲。

通过顾随的词作可以看到，词在文人笔下的旺盛生命力。词这种文体由唐发端，到了宋代得到空前发展，元明清都有延续，在清代又产生了一个小高峰，各个时代词都是在诗之外，最为文人喜爱的抒情文体，同时也是读者所钟爱的文体。顾随生于清末，有着深厚的传统文学底子，又接受了良好的现代大学教育，特别是学的英文专业。有了学贯中西的基础，他又能专注于词的创作，所以在民国时期到新中国建立后，伴随着顾随的文学讲授之路，大量苦水词人的作品也就纷纷面世，成为词作悠久传统在现当代的延续。

微雨新晴碧藓滋。老槐阴合最高枝。风光将近夏初时。少岁空怀千古志，中年颇爱晚唐诗。新来怕看自家词。

(顾随·浣溪沙)

百尺高楼万盏灯。流光似水照人行。楼头谁倚阑干立，翘首长空望月明。灯似月，月如星。最尘嚣处亦凄清。我来领取新诗意，踏步街头听市声。

(顾随·鹧鸪天)

这两首作品都是顾随的小令精品，词作一般按字数分，58字以下叫小令，59到90字，称为中调，91字以上的均为长调。顾随的小令，富含宋词的经典美学元素，言有尽而意无穷。"少岁空怀千古志，中年颇爱晚唐诗。新来怕看自家词"，这几句每一句都蕴含着非常丰富的人生意蕴，借由轻灵明快的小词娓娓道来。就像"最尘嚣处亦凄清"充满哲思,"我来领取新诗意,踏步街头听市声"。这就是经典的好词,唯美又充满情思,还含而不露,饱含韵致。顾随不但是词人,更主要的是教育家,教会学生写词,把中华诗词延续下去,才是顾随最大的事业。

我们这里附一首顾随先生最得意的弟子,也是继承顾随诗词理想最优秀的学生叶嘉莹的一首词。

又到长空过雁时,云天字字写相思。荷花凋尽我来迟。
莲实有心应不死,人生易老梦偏痴。千春犹待发华滋。
(叶嘉莹·浣溪沙·为南开马蹄湖荷花作)

一句"荷花凋尽我来迟",多少韵外之致随着文字和声律扑面而来。"莲实有心应不死,人生易老梦偏痴。"诗词文化的传播梦,教育梦,对中华诗意的传承梦,都熔铸为作者的中国梦。叶嘉莹先生是蜚声海内外的诗词明宿,她少年时跟随顾随先生念书,毕业后去台湾,颠沛流离中又到了加拿大,不管在何种境遇下都能以诗词为伴,始终以诗词为魂。在国内实行改革开放后,叶先生即请求回国任教,写下了"书生报国成何计,难忘诗骚李杜魂"的诗句。从此在国内讲学著述,并以南开大学为核心,为诗词文化贡献了毕生力量。2019 年叶先生把全部财产 3000 余万元捐给南开大学,用于人才培养。叶先生曾说"我不再追求世间私人的一切利益",从此只与诗词为伴。可以说叶嘉莹先生对诗词文化的热爱和穷尽心力的付出,与顾随所承继的中华诗意是一脉相承的,这种代代传承的诗意,就是顾随"心苗尚有根芽"在的"根芽",也是顾随"心血频浇、心火频烧"的结果。在顾随和叶嘉莹师徒身上,我们除了看到他们笔下词作的精彩纷呈,更应该体会到中华诗意的薪火相续。

凭借诗词结缘,作者与叶嘉莹先生有过一面之缘。那是 2014 年的岁暮,作者正在北京大兴的星光影视园录制河北卫视《中华好诗词》节目,2014、2015 年正是这个节目热播的时候。录完我的那几期节目后,我正欲离开。忽然遇到编导,告诉我节目组请到了叶嘉莹先生,我惊讶,叶先生来了?叶先生生于 1924 年,到 2014 年已是九十高龄了。我赶忙去了棚里,叶先生已上台,正在聚光灯下从容地吟诵李白的《忆秦娥》。叶先生中气十足,那独特的叶调吟诵,回味悠长。然后是讲解咸阳古道音尘绝的绝字,还有汉家陵阙的阙字。先生讲授诗词时,心无旁骛,全神贯注,娓娓道来,又洋溢着极高的自信。每一个字说出都是如数家珍,仿佛不是为人讲课。这就是一个九十岁高龄的老人,把一生奉献给中华诗词事业后展现出来的文化自信。离《中华好诗词》这档节目的录制已经过去好几年了,但是录节目中,能够近距离聆听叶嘉莹先生的吟诵和讲解,是参与文化节目的最大收获。

毛泽东：恰同学少年

北国风光，千里冰封，万里雪飘。望长城内外，惟余莽莽；大河上下，顿失滔滔。山舞银蛇，原驰蜡象，欲与天公试比高。须晴日，看红装素裹，分外妖娆。

江山如此多娇，引无数英雄竞折腰。惜秦皇汉武，略输文采；唐宗宋祖，稍逊风骚。一代天骄，成吉思汗，只识弯弓射大雕。俱往矣，数风流人物，还看今朝。

（毛泽东·沁园春·雪）

诗与词并不是古代社会的专利，现在我们在继承中华优秀传统文化的基础上，照样可以写诗作词。之所以有些朋友觉得诗词是古代社会的特有产物主要还是因为现在写诗词的人少了。学校里的学生没有诗词写作这门课程，这也是诗词在现代社会逐渐被边缘的重要原因。但我们要知道诗词创作在今天并没有停滞,很多现代人写的诗词也相当有韵味。在这里我们就不得不说说共和国的开国领袖毛泽东主席。毛泽东主席的智慧不仅仅体现在带领人民建立新中国,他在革命年代写的诗词更是将中国人民勤劳勇敢、乐观昂扬的精神体现了出来。现今的教材中选用的毛泽东诗词有很多,《沁园春·雪》就是其中一首,我们先来赏析这首词。

对于诗人来说,要理解他的诗词,我们就必须先了解诗词的写作背景,只有与当时的社会现状或者相关事件结合,我们才能更好地理解诗人作品中包含的深邃情感。这首《沁园春·雪》作于1936年,红军在陕西组织东征部队准备跨过黄河与日军作战。部队曾在清涧县一带休整数日。一日忽降大雪,毛泽东见长城内外白雪皑皑,隆起的秦晋高原,冰封雪盖,顿时有感而发做了《沁园春·雪》,将北国冬日的壮丽景象描绘了出来。北方冬日千万里都是飘雪冰封的景象。看长城内外都是一片白茫茫,汹涌的黄河顿时失去了昔日里奔腾呼啸的气势。连绵的群山好似一条正在飞舞的银白色巨蟒,高原像奔驰的白蜡制成的大象,它们都想和天空比比高。等到天晴了,红日与白雪交相辉映,分外美好。江山如此美好,引得无数英雄为之倾倒。可惜秦始皇与汉武帝,在文学才华上略显不足,唐太宗与宋太祖逊色于写文章的辞藻上,一代天骄成吉思汗,也只知道弯弓射雕。都过去了,要数天下的风流人物,还得看今天的人们。这首词上片描绘的是北国雪景的壮丽景象，作者的想象也颇为大胆，将群山与高原分别比喻成蟒蛇与大象，我们可以回想一下自己看过的诗词，很少会有人拿蟒蛇和大象来做比，这也足见作者超出常人的魄力与胆识。从开篇一直到这里都是作者对眼前实景的描述，紧接着便是想象，作者想象在晴天一轮红日与白茫茫的冰雪交相辉映，那该有多么美好。

　　下片作者由对景物的描绘转为对情感的抒发。这大好河山如此美好，历代英雄都为此倾倒。历史上叱咤风云的秦皇汉武、唐宗宋祖、成吉思汗在作者这里都还不是最完美的英雄人物，"俱往矣"三个字一下子将时空从往昔拉回了今朝，最后作者自信笃定地说出今天的人们会比历史上的那些英雄们更有作为。我们可以大胆地推测，作者在这里说的能够不负历史的使命，超越于历史上的英雄人物，具有更卓越的才能，并且必将创造空前伟大业绩的"风流人物"应该就是说的自己。最后的两句话体现的是作者极大的自信与豪情万丈。

　　词一向有婉约和豪放之分，在我看来毛泽东诗词的风格大多是豪放的，作品的风格跟作者本人的性格是相似的。毛泽东作为无产阶级革命者，肩负着领导革命和开辟新时代的重大责任，正是因为革命战争的不断磨砺，造就了诗人这种革命乐观和昂扬向上的精神。《沁园春·长沙》同样也是满含作者乐观精神与豪情壮志的一首词：

独立寒秋，湘江北去，橘子洲头。看万山红遍，层林尽染；漫江碧透，百舸争流。鹰击长空，鱼翔浅底，万类霜天竞自由。怅寥廓，问苍茫大地，谁主沉浮？

携来百侣曾游，忆往昔峥嵘岁月稠。恰同学少年，风华正茂；书生意气，挥斥方遒。指点江山，激扬文字，粪土当年万户侯。曾记否，到中流击水，浪遏飞舟？

这首词是毛泽东于1925年晚秋，离开故乡韶山，去广州主持农民运动讲习所的途中，经过长沙，重游橘子洲时所作。上片是作者对眼前实景的描绘。作者看到了一幅色彩鲜明的湘江秋景图，"遍""尽""透"这三个字无形中加深了色彩绚烂的程度；"争""竞"两个字则让我们看到了天地间万物竞相勃发的生命力。在上片作者发问"问苍茫大地，谁主沉浮？"带着作者的发问，我们再来看下片。因为是故地重游，所以作者回忆起了当初和自己的同学们一起来橘子洲头的情景。我们看到了一群有理想有抱负，以天下为己任的青春少年，"曾记否，到中流击水，浪遏飞舟？"还记得吗？那时我们在江水深急的地方游泳，那激起的浪花几乎挡住了疾驰而来的船？这一句其实也在暗暗回答了上片中作者的发问，能够在时代洪流中主宰天下命运的一定是我们这一代年轻人。一代人有一代人的青春，新时代的我们也应当有这样以天下为己任的情怀和气魄，"恰同学少年，风华正茂"。